莎士比亚戏剧集

U0606954

# 辛白林·泰尔亲王配力克里斯

（英）威廉·莎士比亚 著　朱生豪 译

北方联合出版传媒(集团)股份有限公司
万卷出版公司

© （英）威廉·莎士比亚　2014

**图书在版编目（CIP）数据**

辛白林·泰尔亲王配力克里斯 ／（英）莎士比亚著；
朱生豪译. -- 沈阳：万卷出版公司，2014.9
（莎士比亚戏剧集）
ISBN 978-7-5470-3192-6

Ⅰ．①辛… Ⅱ．①莎… ②朱… Ⅲ．①剧本－作品集
－英国－中世纪 Ⅳ．①I561.33

中国版本图书馆CIP数据核字(2014)第196355号

# 辛白林·泰尔亲王配力克里斯

| | |
|---|---|
| **责任编辑** | 姜艳波 |
| **出 版 者** | 北方联合出版传媒（集团）股份有限公司 |
| | 万卷出版公司 |
| **联系电话** | 024-23284090　010-57454988 |
| **经　销** | 各地新华书店发行 |
| **印　刷** | 北京一鑫印务有限责任公司 |
| **版　次** | 2014年10月第1版 |
| **印　次** | 2019年1月第2次印刷 |
| **成品尺寸** | 155mm×220mm |
| **印　张** | 14.5 |
| **字　数** | 160千字 |
| **书　号** | 978-7-5470-3192-6 |
| **定　价** | 28.80元 |

丛书所有文字插图版式之版权归出版者所有　任何翻印必追究法律责任
常年法律顾问：徐涌　版权专有 侵权必究　举报电话：024-23284090 010-57262357
如有质量问题，请与印务部联系。联系电话：010-57262361

# 目　录

辛白林

# 剧中人物

辛白林　英国国王

克洛顿　王后及其前夫所生之子

波塞摩斯·里奥那托斯　绅士，伊摩琴之夫

培拉律斯　被放逐的贵族，化名为摩根

吉德律斯　化名为波里多

阿维拉古斯　化名为凯德华尔 　　辛白林之子　摩根之假子

菲拉里奥　波塞摩斯之友

阿埃基摩　菲拉里奥之友 　　意大利人

法国绅士　菲拉里奥之友

卡厄斯·路歇斯　罗马主将

罗马将领

二英国将领

毕萨尼奥　波塞摩斯之仆

考尼律斯　医生

辛白林宫廷中二贵族

辛白林宫廷中二绅士

二狱卒

王后　辛白林之妻

伊摩琴　辛白林及其前后所生之女

海伦　随侍伊摩琴的官女

群臣、官女、罗马元老、护民官、一荷兰绅士、一西班牙绅

士、一预言者、乐工、将校、兵士、使者及其他侍从等

朱庇特及里奥那托斯家族鬼魂

# 地 点

英国；意大利

辛
白
林

# 第一幕

## 第一场　英国。辛白林宫中花园

二绅士上。

**绅士甲**　您在这儿遇见的每一个人，都是愁眉苦脸的；我们的感情不再服从上天的意旨，虽然我们朝廷里的官儿们表面上仍旧服从着我们的国王。

**绅士乙**　可是究竟为了什么事呀？

**绅士甲**　他最近娶了一个寡妇做妻子，那寡妇有一个独生子，他想把他的女儿，他的王国的继承者，许嫁给他，可是他的女儿偏偏看中了一个有才的贫士。她跟她的爱人秘密结了婚；她的父亲知道了这件事情，就宣布把她的丈夫放逐，把她幽禁起来，大家表面上都很哀伤，我想国王心里才真是很难过的。

**绅士乙** 难过的只有国王一个人吗?

**绅士甲** 那失去她的人当然也是很难过的;还有那个王后,她是最希望这门婚事成功的人;可是讲到朝廷里的官儿们,虽然他们在表面上顺着国王的颜色,装出了一副哭丧的面孔,可是心里头没有一个不是称快的。

**绅士乙** 为什么?

**绅士甲** 那失去这公主的人,是一个丑恶得无可形容的东西;那得到她的人,我的意思是说因为和她结了婚而被放逐的那个,唉,可真是个好男子!他才是一个人物,走遍世界也找不到一个可以和他相比的人。像这样才貌双全的青年,我想除了他以外再没有第二个了。

**绅士乙** 您把他说得太好了。

**绅士甲** 我并没有把他揄扬过分,先生,我的赞美并不能充分表现他的长处。

**绅士乙** 他叫什么名字?他的出身怎样?

**绅士甲** 我不能追溯到他的祖先。他的父亲名叫西塞律斯,曾经随同凯西伯兰和罗马人作战,可是他的封号是在德南歇斯手里得到的,因为勋劳卓著的缘故,赐姓为里奥那托斯;除了我们现在所讲起的这位公子以外,他还有两个儿子,都因为参加当时的战役,喋血身亡,那年老的父亲痛子情深,也跟着一命呜呼;那时候我们这位公子还在他母亲的腹内,等到他呱呱堕地,他的母亲也死了。我们现在这位国王把这婴孩收养宫中,替他取名为波塞摩斯·里奥那托斯,把他抚育成人,使他受到当时最完备的教育;他接受学问的熏陶,就像我们呼吸空气一样,俯仰之间,皆成心

辛白林

5

得，在他生命的青春，已经得到了丰富的收获。他住在宫廷之内，成为最受人赞美敬爱的人物，这样的先例是很少见的：对于少年人，他是一个良好的模范；对于涉世已深之辈，他是一面可资取法的明镜；对于老成之士，他是一个后生可畏的小子。说到他的爱人，他既然是为了她才被放逐的，那么她本身的价值就可以说明她是怎样重视他和他的才德；从她的选择上，我们可以真实地明了他是怎样的一个人。

**绅士乙**　听了您这一番话，已经使我不能不对他肃然起敬。可是请您告诉我，她是国王唯一的孩子吗？

**绅士甲**　他的唯一的孩子。他曾经有过两个儿子——您要是不嫌我提起这些旧事，不妨请听下去——大的在三岁的时候，小的还在襁褓之中，就从他们的育儿室里给人偷了去，直到现在还不知道他们的下落。

**绅士乙**　这是多久以前的事？

**绅士甲**　约莫是二十年前的事。

**绅士乙**　一个国王的儿子会给人这样偷走，看守的人会这样疏忽，寻访的工作会这样缓怠，竟至于查不出他们的踪迹，真是怪事！

**绅士甲**　怪事固然是怪事，那当事者的疏忽，也着实可笑，然而的确有这么一回事哩，先生。

**绅士乙**　我很相信您的话。

**绅士甲**　我们必须避一避。那公子、王后和公主都来了。（二人同下。）

　　　　　王后、波塞摩斯及伊摩琴上。

**王后**　不，女儿，你尽可以放心，我决不会像一般人嘴里所说的后母那样嫉视你；你是我的囚犯，可是你的狱吏将要把那禁锢你的钥匙交在你的手里。至于你，波塞摩斯，只要我能够挽回那恼怒的国王的心，我一定会替你说话的；不过现在他在盛怒之下，你是一个聪明人，还是安心忍耐，暂时接受他的判决吧。

**波塞摩斯**　启禀娘娘，我今天就要离开这里。

**王后**　你知道逗留不去的危险。现在我就在园子里绕一个圈子，让你们叙叙离别的情怀，虽然王上是有命令禁止你们在一起说话的。（下。）

**伊摩琴**　啊，虚伪的殷勤！这恶妇伤害了人，还会替人搔伤口。我的最亲爱的丈夫，我有些害怕我父亲的愤怒；可是我的神圣的责任重于一切，我不怕他的愤怒会把我怎样。你必须去；我将要在这儿忍受着每一小时的怒眼的扫射；失去了生存的乐趣，我的唯一的安慰，只是在这世上还有一个我所珍爱的你，天可怜见，我们总会有重新见面的一天。

**波塞摩斯**　我的女王！我的情人！啊，亲爱的，不要哭了，否则人家将要以为我是一个没出息的男子了。我将要信守我的盟誓，永远做一个世间最忠实的丈夫。我到了罗马以后，就住在一个名叫菲拉里奥的人的家里，他是我父亲的朋友，与我还不过是书信往还，并未见过面；你可以写信到那里去，我的女王，我将要用我的眼睛喝下你所写的每一个字，即使那墨水是用最苦的胆汁做成的。

　　　　　　王后重上。

**王后**　请你们赶快一些；要是王上来了，我不知道他要对我怎样

辛白林

7

生气哩。（旁白）可是我要骗他到这儿来。我没有对他不起，是他自己把我的恶意当作了好心，为了我所干的坏事，甘愿付出了重大的代价。（下。）

**波塞摩斯** 要是我们用毕生的时间诀别，那也不过格外增加我们离别的痛苦。再会吧！

**伊摩琴** 不，再等一会儿；即使你现在不过是骑马出游，这样的分手也太轻率了。瞧，爱人，这一颗钻石是我母亲的；拿着吧，心肝；好好保存着它，直到伊摩琴死后，你向另一个妻子求婚的时候吧。

**波塞摩斯** 怎么！怎么！另一个？仁慈的天神啊，我只要你们把这一个给我，要是另结新欢，愿你们用死亡的铁索加在我的身上！（套上戒指）当我还有知觉的时候，你继续留在这儿吧！最温柔的、最美丽的人儿，正像我用寒伧的自己交换了你，使你蒙受无限的损失一样，在我们小物件的交换上，我也要占到你的便宜：为了我的缘故，把它戴上吧；它是爱情的手铐，我要把它套在这一个最美貌的囚人的臂上。（以手镯套伊摩琴臂上。）

**伊摩琴** 神啊！我们什么时候再相见呢？

辛白林及群臣上。

**波塞摩斯** 唉！国王来了！

**辛白林** 你这下贱的东西，滚出去！走开，不要让我看见你的脸！这是最后的命令，要是以后你再敢让你这下贱的身体混进我们的宫廷，你可休想活命。去！你是败坏我的血液的毒药。

**波塞摩斯** 愿天神们护佑你，祝福宫廷里一切善良的人们！我走了。（下。）

伊摩琴　死亡的痛苦也不会比这更使人难受。

辛白林　啊，不孝的东西！你本该安慰我的晚景，使我回复青春；可是你却偏偏干出这种事来，加老我的年龄。

伊摩琴　父亲，请您不要气坏了自己的身体。对于您的愤怒，我是完全漠然的；一种更希有的感情征服了一切的痛苦、一切的恐惧。

辛白林　羞耻也可以不顾，服从父母的道理也可以不讲了吗？

伊摩琴　一切希望都消沉了，还有什么羞耻？

辛白林　放着我的王后的独生子不要！

伊摩琴　啊，我幸而没有成为他的妻子！我选中了一只神鹰，避开了一只鹞子。

辛白林　你选中了一个叫化子；你要让卑贱之人占据我的王座。

伊摩琴　不，我要使它格外增加光彩。

辛白林　啊，你这可恶的东西！

伊摩琴　父亲，都是您的错处，我才会爱上了波塞摩斯，您把他抚养长大，叫他做我的游侣；他是一个配得上无论哪个女子的男人，我把整个身心给了他，还抵不上他付给我的他自身的价值。

辛白林　嘿！你疯了吗？

伊摩琴　差不多疯了，父亲；愿上天恢复我的理智！我愿做一个牧牛人的女儿，我愿里奥那托斯是我们邻家牧羊人的儿子！

辛白林　你这傻瓜！

　　　　　　王后重上。

**辛白林**　他们又在一起了；你没有照我的命令办。把她带去关
　　　　起来。

**王后**　请您不要气得这个样子。别吵了，我的好小姐，别吵了！
　　　　亲爱的王上，让我们在这儿谈谈，您去找些什么消遣，消
　　　　消您的怒气好不好？

**辛白林**　哼，让她每天失去一滴血；让她未老先衰，为了这一件
　　　　蠢事而死去吧！（辛白林及群臣下。）

**王后**　嗳哟！你也该让他些才是。

　　　　　　　　毕萨尼奥上。

**王后**　你的仆人来了。喂，朋友！什么消息？

**毕萨尼奥**　您的公子爷刚才向我家主人挑战。

**王后**　嘿！我想没有闹出什么乱子来吧？

**毕萨尼奥**　倘不是我家主人抑住怒气，只跟他敷衍两手，一场恶
　　　　战是免不了的；后来他们总算被两旁的人士劝解开了。

**王后**　谢天谢地。

**伊摩琴**　你的儿子是我的父亲所中意的人，他这样做也是意料之
　　　　中的。向一个被放逐的人挑战！啊，好一位英雄！我希望
　　　　他们两人都在非洲，我自己拿着一根针站在旁边，谁要是
　　　　打败了，我就用针去刺他。为什么你不跟你的主人在一
　　　　起？到这儿来有什么事？

**毕萨尼奥**　这是他的命令。他不许我把他送到港口；留下这一张
　　　　字条，叫我留在这儿侍候您，无论什么时候，您假如有事
　　　　使唤我，都请吩咐我就是了。

**王后**　这人一向是你们的忠仆；我敢用我的名誉打赌，他一定会
　　　　继续忠实于你们的。

**毕萨尼奥**  多谢娘娘褒奖。

**王后**  来，我们散一会儿步吧。

**伊摩琴**  （向毕萨尼奥）大约半点钟以后，请你再来见我。你至少应该去送我的丈夫上船。现在你去吧。（各下。）

# 第二场  同前。广场

克洛顿及二贵族上。

**贵族甲**  殿下，我要劝您换一件衬衫；您用力太猛了，瞧您身上这一股热腾腾的汗气，活像献祭的牛羊一般。一口气出来，一口气进去；像您老兄嘴里吐出来的，才真是天地间浩然的正气。

**克洛顿**  要是我的衬衫上染着血迹，那倒非换不可。我有没有伤了他？

**贵族乙**  （旁白）天地良心，没有；甚至没有害得他失去耐性。

**贵族甲**  伤了他！要是他没有受伤，除非他的身体是一具洞穿的尸骸，是一条可以让刀剑自由通过的大道。

**贵族乙**  （旁白）他的剑大概欠了人家的债，所以放着大路不走，偷偷地溜到小巷里去了。

**克洛顿**  这混蛋不敢跟我对抗。

**贵族乙**  （旁白）是啊；他一看见你，就向你的面前逃了上来。

**贵族甲**  跟您对抗！您占据的地面，他不但不敢侵犯，并且连他自己脚下的地面也要让给您哩。

**贵族乙**  （旁白）你有多少海洋，他就让给你多少时地面。摇头摆尾的狗子们！

**克洛顿**　我希望他们不要劝开我们。

**贵族乙**　（旁白）我也这样希望，好让你量量你在地上是一个多么长的蠢才。

**克洛顿**　她居然会拒绝了我，去爱这个家伙！

**贵族乙**　（旁白）假如确当的选择是一种罪恶，那么她的确是罪无可逭的。

**贵族甲**　殿下，我早就屡次对您说过了，她的美貌和她的头脑并不是一致的；她是一个美好的外形，可是我看不出有什么智慧的反映。

**贵族乙**　（旁白）她的智慧是不会照射到愚人身上的，因为怕那反光会伤害她。

**克洛顿**　来，我要回家去了。要是让他多受一些伤就好了！

**贵族乙**　（旁白）我倒不希望这样；除非像一头驴子倒在地上，那是算不了什么损伤的。

**克洛顿**　你们愿意跟我走吗？

**贵族甲**　我愿意奉陪殿下。

**克洛顿**　那么来，我们一块儿走吧。

**贵族乙**　很好，殿下。（同下。）


# 第三场　辛白林宫中一室

*伊摩琴及毕萨尼奥上。*

**伊摩琴**　我希望你的身体牢附在港岸之上，向每一艘经过的船只探询。要是他写信给我，而我却没有收到，那封信必然是和其中所寄的情意一起遗失了。他最后对你说的是些什么话？

**毕萨尼奥**　他说的是，"我的女王，我的女王！"

**伊摩琴**　那时他挥动着他的手帕吗？

**毕萨尼奥**　是，他还吻着它哩，公主。

**伊摩琴**　没有知觉的布片，你还比我幸福一些！这样就完了吗？

**毕萨尼奥**　不，公主；当我这双眼睛和耳朵还能够从人丛之中分辨出他来的时候，他始终站在甲板上，不断地挥着他的手套、帽子，或是手帕，表示他的内心的冲动，好像在说，他的灵魂是多么迟迟其行，无奈那船儿偏偏行驶得这样迅速。

**伊摩琴**　你应该一眼不霎地望着他，直到他只有乌鸦那么大小，或者比乌鸦还要小一点儿，方才回过头来才是。

**毕萨尼奥**　公主，我正是这样望着他的。

**伊摩琴**　为了望他，我甘心望穿我的眼睛，直到辽邈的空间把他缩小得像一枚针尖一样；我要继续用我的眼光追随他，让他从蚊蚋般的微细直至于完全消失在空气中为止，那时候我就要转过我的眼睛来流泪。可是，好毕萨尼奥，我们什么时候再可以听到他的消息呢？

**毕萨尼奥**　不必担心，公主，他一有机会，就会写信来的。

**伊摩琴**　我并没有和他道别，我还有许多最亲密的话儿要向他说；我想告诉他，我要在那几个时辰怎样怎样想念他；我想叫他发誓不要让意大利的姑娘们侵害我的权利和他的荣誉；我还想和他约定，在早晨六点钟、正午和半夜的时候，彼此用祈祷作精神上的会聚，那时候我会在天堂里等候着他；甚至于我还来不及给那临别的一吻——那是我特意安插在两句迷人的话儿中间的——我的父亲就走了进来，像一阵蛮横的北风一样，摧残了我们的心花意蕊。

     一宫女上。

**宫女** 公主，娘娘请您过去。

**伊摩琴** 我叫你干的事，你快去给我办好。现在我要去见王后了。

**毕萨尼奥** 公主，我一定给您办好。（同下。）

# 第四场 罗马。菲拉里奥家中一室

   菲拉里奥、阿埃基摩、一法国人、一荷兰人及一西班牙人同上。

**阿埃基摩** 相信我，先生，我曾经在英国见过他；那时他还是初露头角，人们对他都怀着极大的期望；可是那时候即使他的身旁放着一张写明他的各种才能的清单，可以让我逐条诵读，我照样不会以钦佩的眼光望着他的。

**菲拉里奥** 您看见他的时候，他还只是一个才识未充的青年，比起现在来，无论在仪表或是学问方面，都要相差很远哩。

**法国人** 我曾经在法国见过他，在我们国里，像他一样能够望着太阳不霎眼睛的人多着呢。

**阿埃基摩** 我相信他这次和他的国王的女儿结婚，一定使他在众人口中成为格外了不得的人物；他是借着公主的身价，提高自己的地位。

**法国人**　他的放逐也是使他受人同情的原因。

**阿埃基摩**　嗯，还有些人同情他们好好的姻缘被活生生地拆散，为了证实她选中了一个一无足取的穷鬼并不是错误起见，也都把他拼命吹捧。可是他怎么会到您府上作起寓公来？你们是怎么相识的？

**菲拉里奥**　他的父亲跟我曾经一起上过战场，我好多次受过他的救命之恩。这位英国人来了；让他在你们中间按照像他那样一位异国人的身分，享受他所应得的礼遇吧。

　　　　　　波塞摩斯上。

**菲拉里奥**　各位先生，让我介绍这位绅士给你们认识认识，他是我的一个尊贵的朋友；我不必当面吹嘘他的好处，因为你们不久就会知道他的价值的。

**法国人**　先生，我们在奥尔良就认识了。

**波塞摩斯**　正是，您的盛情厚意，我还不知道几时能够报答呢。

**法国人**　先生，区区小节，何必这样言重？我很高兴总算替您和我的同国之人尽了一分和解的责任；要是为了这样一个琐细的问题，大家拼起你死我活来，那才不值得呢。

**波塞摩斯**　请您原谅，先生，那时我不过是一个年轻识浅的旅行者，不肯接受人家的教诲，更不愿让别人的经验指导我的行动；可是，您要是不见怪的话，我在仔细考虑之下，仍然觉得我那一次争吵的意义是并不琐细的。

**法国人**　不错，两个人闹到了必须用武力解决争端的地步，结果不是一死一生，就是两败俱伤，这样的事情当然是很严重的。

**阿埃基摩**　请原谅我们失礼，我们能不能问问这次争吵是怎样发

辛白林

生的？

**法国人** 我想不妨。这是一场众目共睹的争吵，说出来也没有什么关系。它的起因完全像我们昨天晚上的辩论一样，各人赞美着自己国里的情人；这位绅士在那时一口咬定，并且不惜用流血证明，他的爱人比我们法国无论哪一位绝世女郎更美丽、贤淑、聪明、贞洁、忠心、富于才能而不可侵犯。

**阿埃基摩** 那位小姐大概已经不在人世，否则这位先生的意见到现在也总改变过来了。

**波塞摩斯** 她仍旧保持着她的美德，我也没有改变我的意见。

**阿埃基摩** 您不能说她比我们意大利的姑娘们更好。

**波塞摩斯** 我已经在法国受到过那样的挑衅，可是我对于她的崇敬一点没有减少，虽然我承认我只是她的崇拜者，不是她的朋友。

**阿埃基摩** 人家往往把美善二字相提并论，可是在你们英国女郎中间，却还没有一个当得起既美且善的赞誉。要是她果然胜过我所看见过的其他女郎，正像您这颗钻石的光彩胜过我所看见过的许多钻石一样，那么我当然不能不相信她是个超群绝伦的女郎；可是我还没有见过世上最珍贵的钻石，您也没有见过世上最美好的女郎。

**波塞摩斯** 我按照我对她的估价赞美她；对我的钻石也是一样。

**阿埃基摩** 您把它估价多少？

**波塞摩斯** 胜过全世界所有的一切。

**阿埃基摩** 那么您那无比的情人一定早已死了，否则她的价值也高不到哪儿去。

**波塞摩斯** 您错了。钻石是可以买卖授受的东西，谁愿意出重大的代价，就可以把它收买了去；为了报恩酬德的缘故，它也可以做送人的礼物。可是美人却不是市场上的商品，那是天神们的恩赐。

**阿埃基摩** 天神们已经把这样的恩赐赏给您了吗?

**波塞摩斯** 是的，仰仗神恩，我要把它永远保存起来。

**阿埃基摩** 您可以在名义上把她据为己有，可是，您知道，有些鸟儿是专爱栖在邻家的池子上的。您的戒指也许会给人偷去；您那无价之宝的美人也难保不会被人染指；戒指固然是容易丢失的东西，女人的轻薄的天性，又有谁能捉摸?一个狡猾的偷儿，或者一个风雅的朝士，就可以把这两件东西一起拐到手里。

**波塞摩斯** 你把轻薄的头衔加在我的爱人的头上，可是在你们贵国意大利之中，还没有哪一个风雅的朝士可以使她受到他的诱惑。我很相信你们这儿有很多的偷儿，可是我却不怕我的戒指会给人偷走。

**菲拉里奥** 让我们就在这儿告一段落吧，两位先生。

**波塞摩斯** 先生，我很愿意。我谢谢这位可尊敬的先生，他不把我当作陌生人看待；我们一开始就相熟了。

**阿埃基摩** 要是我有机会能够直接看见她，跟她攀起交情来，只消五次这样的谈话，准可以在您那美丽的爱人心头占一个地位，甚至于可以叫她随意听我摆布。

**波塞摩斯** 不会，不会。

**阿埃基摩** 我敢把我家产的一半打赌您的戒指，我相信那价值是不会在它之下的，可是我打赌的动机，只是要打破您的自

辛白林

信，并没有存心毁坏她的名誉的意思；为了免除您的误会起见，我可以向世上无论哪一个女郎作同样的尝试。

**波塞摩斯**　像你这样狂言无惮，简直是自欺欺人；我相信你一定会受到你的尝试的应得的结果。

**阿埃基摩**　什么结果？

**波塞摩斯**　一顿拒斥；虽然像你所说的那种尝试，是应该狠狠地受一顿惩罚的。

**菲拉里奥**　两位先生，够了；这场争吵本来是凭空而来，现在仍旧让它凭空而去吧。请你们瞧在我的面上，大家交个朋友好不好？

**阿埃基摩**　我恨不得把我跟我邻人的家产一起拿出来，证明我刚才所说的话。

**波塞摩斯**　你要向哪一个女郎进攻？

**阿埃基摩**　你的爱人，你以为她的忠心是绝对不会动摇的。我愿意用一万块金圆和你的戒指打赌，只要你把我介绍到她的宫廷里去，让我有两次跟她见面的机会，我就可以把你所想像为万无一失的她的贞操掠夺而归。

**波塞摩斯**　我愿意用金钱去和你的金钱打赌；我把我的戒指看得跟我的手指同样宝贵；它是我的手指的一部分。

**阿埃基摩**　你在害怕了，这倒是你的聪明之处。要是你出了一百万块钱买一钱女人的肉，你也不能把它保藏得不会腐坏。可是我看你究竟是一个信奉上帝的人，你心里还有几分畏惧。

**波塞摩斯**　这是你口头上轻薄的习惯，我希望你的话不是说着玩儿的。

**阿埃基摩**　我的话我自己负责，我发誓我要是说到哪儿，一定做到哪儿。

**波塞摩斯**　真的吗？我就把我的戒指暂时借给你，等你回来再说。让我们订下契约。我的爱人的贤德，决不是你那卑劣的思想所能企及的；我倒要看看你有几分伎俩，胆敢这样夸口。这儿是我的戒指。

**菲拉里奥**　我不赞成你们打赌。

**阿埃基摩**　凭着天神起誓，那都是一样。要是我不能给你充分的证据，证明我已经享受到你爱人身上最宝贵的一部分，我的一万块金圆就是属于你的；要是我去了回来，她的贞操依旧完整无缺，那么她和这一个戒指，你的两件心爱的宝贝，连带着我的金钱，一起都是你的；我的唯一的条件，就是你必须给我一封介绍的函件，让我可以在她那里得到自由交谈的方便。

**波塞摩斯**　我接受这些条件；让我们把约款写下来吧。不过你必须对我负这样的责任：要是你征服了她的肉体，直接向我证明你已经达到目的，我就不再是你的敌人，她是不值得我们挂齿的；要是她始终不受诱惑，你也不能提出她的失贞的证据，那么为了你的邪恶的居心，为了你破坏她的贞操的企图，你必须用你的剑给我一个满意的答复。

**阿埃基摩**　把你的手给我；我们就这样约定。我们要依照合法的手续，把这些条件记下，然后我就立刻动身到英国去，免得这一注交易冷了下来。现在我就去拿我的金钱，把我们两方面的赌注分别记载清楚。

**波塞摩斯**　很好。（波塞摩斯、阿埃基摩同下。）

辛白林

**法国人**　您看他们的打赌不会是开玩笑吧？

**菲拉里奥**　阿埃基摩先生是决不会放弃他的见解的。各位，让我
　　　们跟他们去吧。（同下。）

# 第五场　英国。辛白林宫中一室

王后、众宫女及考尼律斯上。

**王后**　趁着地上还有露水的时候，把那些花采下来吧；赶快一些。
　　　那张列着花名的单子在什么人手里？

**宫女甲**　在我这儿，娘娘。

**王后**　快去。（众宫女下）现在，医生先生，你有没有把那药儿带
　　　来？

**考尼律斯**　启禀娘娘，我带来了；这儿就是，娘娘。（以小匣呈王
　　　后）可是请娘娘不要见怪，我的良心要我请问您一声，您
　　　为什么要我带给您这种其毒无比的药物；它的药性虽然缓
　　　慢，可是人服了下去，就会逐渐衰弱而死，再也无法医治
　　　的。

**王后**　我很奇怪，医生，你会问我这样一个问题。我不是已经做
　　　了你的学生好久了吗？你不是已经把制造香料、酿酒、蜜
　　　饯的方法都教给我了吗？噢，就是我们那位王上爷爷他也
　　　老是逼着我要我把我的方剂告诉他知道哩。倘然你并不以
　　　为我是一个居心险恶的人，那么我已经学到了这一步，难
　　　道不应该再在其他的方面充实我的知识吗？我要在那些不
　　　值得用绳子勒死的畜类身上试一试你这种药品的力量——

当然我不会把它用到人身上的——看看有没有方法可以减轻它的药性，从实际的试验中探求它的功效和作用。

**考尼律斯**　娘娘，这种试验的结果，不过使您的心肠变硬；而且中毒的动物不但恶臭异常，还容易把疫气传染到人们身上。

**王后**　啊！你不用管。

　　　　　　*毕萨尼奥上。*

**王后**　（旁白）这儿来了一个胁肩谄笑的奴才；我要在他身上开始我的实验；他为他的主人尽力，是我的儿子的仇敌——啊，毕萨尼奥！医生，现在你没有别的事了，请便吧。

**考尼律斯**　（旁白）我疑心你不怀好意，娘娘；可是你的药是害不了人的。

**王后**　（向毕萨尼奥）听着，我有话对你说。

**考尼律斯**　（旁白）我不喜欢她。她以为她手里有慢性的毒药；可是我知道她的心意，我怎么也不会让她把这种危险的药物拿去害人的。我刚才给她的那种药，可以使感觉暂时麻木昏迷；也许她最初在猫狗身上试验，然后再进一步实行她的计划；可是虽然它会使人陷入死亡的状态，其实并无危险，不过暂时把精神封锁起来，一到清醒之后，反而比原来格外精力饱满。她不知道我已经用假药骗她上了当，可是我要是不骗她，我自己也就成了奸党了。

**王后**　没有别的事了，医生，有事再来请你吧。

**考尼律斯**　那么我告辞了。（下。）

**王后**　你说她还在哭吗？你看她会不会慢慢地把她的悲伤冷淡下来，感觉到她现在的愚蠢，愿意接受人家的劝告？你也应该好好劝劝她；要是你能够说得她回心转意，爱上我的儿

辛白林

子，那么你一告诉我这个消息，我就可以当场向你宣布你的地位已经跟你的主人一样；不，比你的主人更高，因为他的命运已经到了绝境，他的名誉也已经奄奄待毙；他不能回来，也不能继续住在他现在所住的地方；转换他的环境不过使他从这一种困苦转换到另一种困苦，每一个新的日子的到来，不过摧毁了他又一天的希望。你依靠着一件既不能独立、又不能重新改造的东西，他也没有一个支持他的朋友，这样对你有什么好处呢？（故意将小匣跌落地上，毕萨尼奥趋前拾起）你不知道你所拾起的是件什么东西；可是既然劳你拾了起来，你就拿了去吧。这是我亲手调制的药剂，它曾经五次救活王上的生命；我不知道还有什么比它更灵验的妙药。不，你尽管拿去吧；这不过是表示我对你的好意的信物，以后我还要给你更多的好处哩。告诉你的公主，她现在处在什么情形之下；用你自己的口气对她说话。想一想你现在换了个主儿，是一个多么难得的机会；一方面你并没有失去你的公主的欢心，一方面我的儿子还要另眼看待你。你要怎样的富贵功名，我都可以在王上面前替你竭力运动；我自己是一手提拔你的人，当然会格外厚待你的。叫我的侍女们来；想一想我的话吧。（毕萨尼奥下）一个狡猾而忠心的奴才，谁也不能动摇他的心；他是他的主人的代表，他的使命就是要随时提醒她坚守她对她丈夫的盟约。我已经把那毒药给了他，他要是服了下去，就再也没有人替她向她的爱人传递消息了。假如她一味固执，不知悔改，少不得也要叫她尝尝滋味。

　　毕萨尼奥及宫女等重上。

**王后**　好，好；很好，很好。紫罗兰、莲香花、樱草花，都给我拿到我的房间里去。再会，毕萨尼奥；想一想我的话吧。

（王后及宫女等同下。）

**毕萨尼奥**　是的，我要想一想你的话。可是要我不忠于我的主人，我宁愿勒死我自己；这就是我将要替你做的事情。（下。）


# 第六场　同前。宫中另一室

伊摩琴上。

**伊摩琴**　一个凶狠的父亲，一个奸诈的后母，一个向有夫之妇纠缠不清的愚蠢的求婚者，她的丈夫是被放逐了的。啊！丈夫，我的悲哀的顶点！还有那些不断的烦扰！要是我也像我的两个哥哥一般被窃贼偷走，那该是多么快乐！可是最不幸的是那抱着正大的希望而不能达到心愿的人；那些虽然贫苦、却有充分的自由实现他们诚实的意志的人们是有福的。嗳哟！这是什么人？

毕萨尼奥及阿埃基摩上。

**毕萨尼奥**　公主，一位从罗马来的尊贵的绅士，替我的主人带信来了。

**阿埃基摩**　您的脸色变了吗，公主？尊贵的里奥那托斯平安无恙，向您致最亲切的问候。（呈上书信。）

**伊摩琴**　谢谢，好先生；欢迎您到这儿来。

**阿埃基摩**　（旁白）她的外表的一切是无比富丽的！要是她再有一副同样高贵的心灵，她就是世间唯一的凰鸟，我的东道也

辛白林

23

活该输去了。愿勇气帮助我！让我从头到脚，充满了无忌惮的孟浪！或者像帕提亚人一样，我要且战且退，而不一味退却。

**伊摩琴** "阿埃基摩君为此间最有声望之人，其热肠厚谊，为仆所铭感不忘者，愿卿以礼相待，幸甚幸甚，里奥那托斯手启。"我不过念了这么一段；可是这信里其余的话儿，已经使我心坎里都充满了温暖和感激。可尊敬的先生，我要用一切可能的字句欢迎你；你将要发现在我微弱的力量所能做到的范围以内，你是我的无上的佳宾。

**阿埃基摩** 谢谢，最美丽的女郎。唉！男人都是疯子吗？造化给了他们一双眼睛，让他们看见穹窿的天宇，和海中陆上丰富的出产，使他们能够辨别太空中的星球和海滩上的砂砾，可是我们却不能用这样宝贵的视力去分别美丑吗？

**伊摩琴** 您为什么有这番感慨？

**阿埃基摩** 那不会是眼睛上的错误，因为在这样两个女人之间，即使猴子也会向这一个饶舌献媚，而向那一个扮鬼脸揶揄的；也不会是判断上的错误，因为即使让白痴做起评判员来，他的判断也决不会颠倒是非；更不会是各人嗜好不同的问题，因为当着整洁曼妙的美人之前，蓬头垢面的懒妇是只会使人胸中作恶，绝对没有迷人的魅力的。

**伊摩琴** 您究竟在说些什么？

**阿埃基摩** 日久生厌的意志——那饱餍粱肉而未知满足的欲望，正像一面灌下一面漏出的水盆一样，在大嚼肥美的羔羊以后，却想慕着肉骨莱屑的异味。

**伊摩琴** 好先生，您在那儿唧唧咕咕地说些什么？您没有病吧？

**阿埃基摩** 谢谢,公主,我很好。(向毕萨尼奥)大哥,劳驾你去看看我的仆人,他是个脾气十分古怪的家伙。

**毕萨尼奥** 先生,我本来要去招待招待他哩。(下。)

**伊摩琴** 请问我的丈夫身体一直很好吗?

**阿埃基摩** 很好,公主。

**伊摩琴** 他在那里快乐吗?我希望他是的。

**阿埃基摩** 非常快乐;没有一个异邦人比他更会寻欢作乐了。他是被称为不列颠的风流浪子的。

**伊摩琴** 当他在这儿的时候,他总是郁郁寡欢,而且往往不知道为了什么原因。

**阿埃基摩** 我从来没有见他皱过眉头。跟他作伴的有一个法国人,也是一个很有名望的绅士,他在本国爱上了一个法兰西的姑娘,看样子他是非常热恋她的;每次他长吁短叹的时候,我们这位快乐的英国人——我的意思是说尊夫——就要呵呵大笑,嚷着说,"嗳哟!我的肚子都要笑破了。你也算是个男人,难道你不会从历史上、传说上或是自己的经验上,明了女人是怎样一种东西,她们天生就是这样的货色,不是自己能作主的?难道你还会把你自由自在的光阴在忧思憔悴中间销磨过去,甘心把桎梏套在自己的头上?"

**伊摩琴** 我的夫君会说这样的话吗?

**阿埃基摩** 噢,公主,他笑得眼泪都滚了出来呢;站在旁边,听他把那法国人取笑,才真是怪有趣的。可是,天知道,有些男人真不是好东西。

**伊摩琴** 不会是他吧,我希望?

**阿埃基摩** 不是他;可是上天给他的恩惠,他也该知道些感激才

辛白林

是。在他自己这边说起来，他是个得天独厚的人；在您这边说起来，那么我一方面固然只有惊奇赞叹，一方面却不能不感到怜悯。

**伊摩琴**　您怜悯些什么，先生？

**阿埃基摩**　我从心底里怜悯两个人。

**伊摩琴**　我也是一个吗，先生？请您瞧瞧我；您在我身上看出了什么残缺的地方，才会引起您的怜悯？

**阿埃基摩**　可叹！哼！避开了光明的太阳，却在狱室之中去和一盏孤灯相伴！

**伊摩琴**　先生，请您明白一点回答我的问话。您为什么怜悯我？

**阿埃基摩**　我刚才正要说，别人享受着您的——可是这应该让天神们来执行公正的审判，轮不到我这样的人说话。

**伊摩琴**　您好像知道一些我自己身上的或者有关于我的事情。一个人要是确实知道发生了什么变故，那倒还没有什么，只有在提心吊胆、怕有什么变故发生的时候，才是最难受的；因为已成确定的事实，不是毫无挽回的余地，就是可以及早设法，筹谋补救的方策。所以请您不要再吞吞吐吐，把您所知道的一切告诉我吧。

**阿埃基摩**　要是我能够在这天仙似的脸上沐浴我的嘴唇；要是我能够抚摩这可爱的纤手，它的每一下接触，都会使人从灵魂里激发出忠诚的盟誓；要是我能够占有这美妙的影像，使我狂热的眼睛永远成为它的俘虏：要是我在享受这样无上的温馨以后，还会去和那些像罗马圣殿前受过无数人践踏的石阶一般下贱的嘴唇交换唾液，还会去握那些因为每小时干着骗人的工作而变成坚硬的手，还会去向那些像用污臭的脂油点燃着的冒烟的灯火似的眼睛挑逗风情，那么地狱里的一切苦难应该同时加在我的身上，谴责我的叛变。

**伊摩琴**　我怕我的夫君已经忘记英国了。

**阿埃基摩**　他也已经忘记了他自己。不是我喜欢搬弄是非，有心宣布他这种生活上可耻的变化，却是您的温柔和美貌激动了我的沉默的良心，引诱我的嘴唇说出这些话来。

**伊摩琴**　我不要再听下去了。

**阿埃基摩**　啊，最亲爱的人儿！您的境遇激起我深心的怜悯，使我感到莫大的苦痛。一个这样美貌的女郎，在无论哪一个王国里，她都可以使最伟大的君王增加一倍的光荣，现在却被人下侪于搔首弄姿的娼妓，而那买笑之资，就是从您的银箱里拿出来的！那些身染恶疾、玩弄着世人的弱点，以达到猎取金钱的目的的荡妇！那些污秽糜烂、比毒药更毒的东西！您必须报复；否则那生养您的母亲不是一个堂堂的王后，您也就是自绝于您的伟大的祖先。

**伊摩琴**　报复！我应该怎样报复？假如这是真的——我的心还不能在仓卒之间轻信我的耳朵所听到的话——假如这是真的，我应该怎样报复？

**阿埃基摩**　您应该容忍他让您像尼姑一般度着枕冷衾寒的生活，而他自己却一点不顾您的恩情，把您的钱囊供他挥霍，和那些荡妇淫娃们恣意取乐吗？报复吧！我愿意把我自己的一身满足您的需要，在身分和地位上，我都比您那位负心的汉子胜过许多，而且我将要继续忠实于您的爱情，永远不会变心。

**伊摩琴**　喂，毕萨尼奥！

**阿埃基摩**　让我在您的唇上致献我的敬礼吧。

**伊摩琴**　去！我恼恨自己的耳朵不该听你说了这么久的话。假如你是个正人君子，你应该抱着一片好意告诉我这样的消息，不该存着这样卑劣荒谬的居心。你侮辱了一位绅士，他决不会像你所说的那种样子，正像你是个寡廉鲜耻的小人，不知荣誉为何物一样；你还胆敢在这儿向一个女子调情，在她的心目之中，你是和魔鬼同样可憎的。喂，毕萨尼奥！我的父王将要知道你这种放肆的行为；要是他认为一个无礼的外邦人可以把他的宫廷当作一所罗马的妓院，当着我的面前宣说他的禽兽般的思想，那么除非他一点不重视他的宫廷的庄严，全然把他的女儿当作一个漠不相关的人物。喂，毕萨尼奥！

**阿埃基摩**　啊，幸福的里奥那托斯！我可以说：你的夫人对于你的信仰，不枉了你的属望，你的完善的德性，也不枉了她的诚信。愿你们长享着幸福的生涯！他是世间最高贵的绅士；也只有最高贵的人，才配得上您这样一位无比的女郎。原谅我吧。我刚才说那样的话，不过为要知道您的信任是不是根深蒂固；我还要把尊夫实际的情形重新告诉您知道。他是一个最有教养、最有礼貌的人；在他高尚的品性之中，有一种吸引他人的魔力，使每一个人都乐于和他交往；一大半的人都是倾心于他的。

**伊摩琴**　这样说才对了。

**阿埃基摩**　他坐在人们中间，就像一位谪降的天神；他有一种出众的尊严，使他显得不同凡俗。不要生气，无上庄严的公主，因为我胆敢用无稽的谰言把您欺骗。现在您的坚定的信心已经证明您有识人慧眼，选中了这样一位稀有的绅士，他的为人的确不错。我对他所抱的友情，使我用那样的话把您煽动，可是神明造下您来，不像别人一样，却是一尘不染的。请原谅我吧。

**伊摩琴** 不妨事，先生。我在这宫廷内所有的权力，都可以听您支配。

**阿埃基摩** 请接受我的卑恭的感谢。我几乎忘了请求公主一件小小的事；可是事情虽小，却也相当重要，因为尊夫、我自己，还有几个尊贵的朋友，都与这事有关。

**伊摩琴** 请问是什么事？

**阿埃基摩** 我们中间有十二个罗马人，还有尊夫，这些都是我们交游之中第一流的人物，他们凑集了一笔款子，购买一件礼物呈献给罗马皇帝；我受到他们的委托，在法国留心采选，买到了一个雕刻精巧的盘子和好几件富丽夺目的珠宝，它们的价值是非常贵重的。我因为在此人地生疏，有些不大放心，想找一处安全寄存的所在。不知道公主愿意替我暂时保管吗？

**伊摩琴** 愿意愿意；我可以用我的名誉担保它们的安全。既然我的丈夫也有他的一份在内，我要把它们藏在我的寝室之中。

**阿埃基摩** 它们现在放在一只箱子里面，有我的仆人们看守着；既蒙慨允，我就去叫他们送来，暂寄一宵；明天一早我就要上船的。

**伊摩琴** 啊！不，不。

**阿埃基摩** 是的，请您原谅，要是我延缓了归期，是会失信于人的。为了特意探望公主的缘故，我才从法兰西渡海前来。

辛
白
林

**伊摩琴**　谢谢您跋涉的辛苦；可是明天不要去吧！

**阿埃基摩**　啊！我非去不可，公主。要是您想叫我带信给尊夫的
话，请您就在今晚写好。我不能再耽搁下去，因为呈献礼
物是不能误了日期的。

**伊摩琴**　我就去写起来。请把您的箱子送来吧；我一定把它保管
得万无一失，原封不动地还给您。欢迎您到我们这儿来。

（同下。）

# 第二幕

## 第一场　英国。辛白林王宫前

*克洛顿及二贵族上。*

**克洛顿**　有谁像我这般倒楣！刚刚在最后一下的时候，给人把我的球打掉了！我放了一百镑钱在它上面呢，你想我怎么不气；偏偏那个婊子生的猴崽子怪我不该骂人，好像我骂人的话也是向他借来的，我自己连随便骂人的自由都没有啦。

**贵族甲**　他得到些什么好处呢？您不是用您的球打破了他的头吗？

**贵族乙**　（*旁白*）要是那人的头脑也跟这打他的人一般，那么这一下一定会把它全都打出来的。

**克洛顿**　大爷高兴骂骂人，难道旁人干涉得了吗？哼！

**贵族乙**　干涉不了，殿下；（*旁白*）他们总不能割掉他们的耳朵。

辛白林

**克洛顿**　婊子生的狗东西！他居然还敢向我挑战！可惜他不是跟我同一阶级的人！

**贵族乙**　（旁白）否则你们倒是一对傻瓜。

**克洛顿**　真气死我了。他妈的！做了贵人有什么好处？他们不敢跟我打架，因为害怕王后，我的母亲。每一个下贱的奴才都可以打一个痛快，只有我却像一只没有敌手的公鸡，谁也不敢碰我一碰。

**贵族乙**　（旁白）你是一只公鸡，也是一只阉鸡；给你套上一顶高冠儿，公鸡，你就叫起来了。

**克洛顿**　你说什么？

**贵族乙**　要是每一个被您所开罪的人，您都跟他认真动起手来，那是不适合您殿下的身分的。

**克洛顿**　那我知道；可是比我低微的人，我就是开罪了他们，也没有什么不对。

**贵族乙**　嗯，只有殿下才有这样的特权。

**克洛顿**　可不是吗，我也是这样说的。

**贵族甲**　您听说有一个外国人今天晚上要到宫里来没有？

**克洛顿**　一个外国人，我却一点儿也不知道！

**贵族乙**　（旁白）他自己就是个外来的货色，可是他自己不知道。

**贵族甲**　来的是一个意大利人；据说是里奥那托斯的一个朋友。

**克洛顿**　里奥那托斯！一个亡命的恶棍；他既然是他的朋友，不管他是什么人，总之也不是好东西。谁告诉你关于这个外国人的消息的？

**贵族甲**　您殿下的一个童儿。

**克洛顿**　我应不应该去瞧瞧他？那不会有失我的身分吗？

**贵族甲**　您不会失去您的身分，殿下。

**克洛顿**　我想我的身分是不大容易失去的。

**贵族乙**　（*旁白*）你是一个公认的傻子；所以无论你干些什么傻事，总不会失去你傻子的身分。

**克洛顿**　来，我要瞧瞧这意大利人去。今天我在球场上输去的，今晚一定要在他身上捞回本来。来，我们走吧。

**贵族乙**　我就来奉陪殿下。（*克洛顿及贵族甲下*）像他母亲这样一个奸诈的魔鬼，竟生下了这一头蠢驴来！一个用她的头脑制服一切的妇人，她这一个儿子却连二十减二还剩十八都算不出来。唉！可怜的公主，你天仙化人的伊摩琴啊！你有一个受你后母节制的父亲，一个时时刻刻都在制造阴谋的母亲，还有一个比你亲爱的丈夫的无辜放逐和你们的惨痛的分离更可憎可恼的求婚者，在他们的压力之下，你在挨度着怎样的生活！但愿上天护佑你，保全你的贞操的壁垒，使你的美好的心灵的庙宇不受摇撼，在你自己的立场上坚定站住，等候你流亡的丈夫回来，统治这伟大的国土！（*下。*）

# 第二场　卧室。一巨箱在室中一隅

*伊摩琴倚枕读书；一宫女侍立。*

**伊摩琴**　谁在那里？海伦吗？

**宫女**　是我，公主。

**伊摩琴**　什么时候了？

辛白林

**宫女**　快半夜了，公主。

**伊摩琴**　那么我已经读了三小时了，我的眼睛疲倦得很；替我把我刚才读完的这一页折起来；你也去睡吧。不要把蜡烛移去，让它亮着好了。要是你能够在四点钟醒来，请你叫我一声。睡魔已经攫住我的全身。（宫女下）神啊，我把自己托仗你们的保护，求你们不要让精灵鬼怪们侵扰我的梦魂！（睡；阿埃基摩自箱中出。）

**阿埃基摩**　蟋蟀们在歌唱，人们都在休息之中恢复他们疲劳的精神。我们的塔昆正是像这样蹑手蹑脚，轻轻走到那被他毁坏了贞操的女郎的床前。维纳斯啊，你睡在床上的姿态是多么优美！鲜嫩的百合花，你比你的被褥更洁白！要是我能够接触一下她的肌肤！要是我能够给她一个吻，仅仅一个吻！无比美艳的红玉，化工把它们安放得多么可爱！散布在室内的异香，是她樱唇中透露出来的气息。蜡烛的火焰向她的脸上低俯，想要从她紧闭的眼睫之下，窥视那收藏了的光辉，虽然它们现在被眼睑所遮掩，还可以依稀想见那净澈的纯白和空虚的蔚蓝，那正是太空本身的颜色。可是我的计划是要记录这室内的陈设；我要把一切都写下来：这样这样的图画；那边是窗子，她的床上有这样的装饰；织锦的挂帏，上面织着这样这样的人物和故事。啊！可是关于她肉体上的一些活生生的记录，才是比一万种琐屑的家具更有力的证明，更可以充实我此行的收获。睡眠啊！你死亡的摹仿者，沉重地压在她的身上，让她的知觉像教堂里的墓碑一般漠无所感吧。下来，下来；（自伊摩琴臂上取下手镯）一点不费力地它就滑落下来了！它是我的；有了这样外表上的证据，一定可以格外加强内心的扰乱，把她的丈夫激怒得发起疯来。在她的左胸还有一颗梅花形的痣，就像莲香花花心里的红点一般：这是一个确证，比任何法律所能造成的证据更有力；这一个秘密将使他不能不相信我已经打开键锁，把她宝贵的贞操偷走了。够了。我好傻！为什么我要把这也记了下来，它不是已经牢牢地钉住在我的记忆里了吗？她读了一个晚上的书，原来看的是忒柔斯的故事；这儿折下的一页，正是菲罗墨拉被迫失身的地方。够了；回到箱子里去，把弹簧关上了。你黑夜的巨龙，走快一些吧，让黎明拨开乌鸦的眼睛！恐惧包围着我的全身；虽然这是一位天上的神仙，我却像置身在地狱之中。（钟鸣）一，二，三；赶快，赶快！（躲入箱内；幕闭。）

# 第三场　　与伊摩琴闺房相接之前室

克洛顿及二贵族上。

**贵族甲**　您殿下在失败之中那一种镇定的功夫，真是谁也不能仰及的；无论什么人在掷出么点的时候，总比不上您那样的冷静。

**克洛顿**　一个人输了钱，总是要冷了半截身子，气得说不出话来的。

**贵族甲**　可是，不是每一个人都有您殿下这样高贵的耐性。您在得胜的时候，那火性可大啦。

**克洛顿**　胜利可以使每一个人勇气百倍。要是我能够得到伊摩琴这傻丫头，我就不愁没有钱化。快天亮啦，是不是?

**贵族甲**　已经是清晨了，殿下。

**克洛顿**　我希望这班乐工们会来。人家劝我在清晨为她奏乐；他们说那是会打动她的心的。

　　　　　　乐工等上。

**克洛顿**　来，调起乐器来吧。要是你们的弹奏能够打动她的心，那么很好；我们还要试试你们的歌唱哩。要是谁也打不动她的心，那么让她去吧；可是我是永远不会灰心的。第一，先来一支非常佳妙的曲调；接着再来一支甜甜蜜蜜的歌儿，配着十分动人的辞句；然后让她自己去考虑吧。

### 歌

听! 听! 云雀在天门歌唱，

旭日早在空中高挂，

天池的流水琮琤作响，

日神在饮他的骏马；

瞧那万寿菊倦眼慵抬，

睁开它金色的瞳睛：

美丽的万物都已醒来，

醒醒吧，亲爱的美人!

醒醒，醒醒!

**克洛顿**　好，你们去吧。要是这一次的奏唱能够打动她的心，我从此再不看轻你们的音乐；要是打不动她的心，那是她自己的耳朵有了毛病，无论马鬃牛肠，再加上太监的嗓子，都不能把它医治的。（乐工等下。）

**贵族乙** 王上来了。

**克洛顿** 我幸亏通夜不睡，所以才能够起身得这么早；他看见我一早就这样献着殷勤，一定会疼我的。

　　　　*辛白林及王后上。*

**克洛顿** 陛下早安，母后早安。

**辛白林** 你在这儿门口等候着我的倔强的女儿吗？她不肯出来吗？

**克洛顿** 我已经向她奏过音乐，可是她理也不理我。

**辛白林** 她的爱人新遭放逐，她一下子还不能把他忘掉。再过一些时候，等到对他的记忆一天一天淡薄下去以后，她就是你的了。

**王后** 你千万不要忘了王上的恩德，他总是千方百计，想把你配给他的女儿。你自己也该多用一番功夫，按部就班地进行你的求婚的手续，一切都要见机行事；她越是拒绝你，你越是向她陪小心献殷勤，好像你为她所干的事，都是出于灵感的冲动一般；她吩咐你什么，你都要依从她，只有当她打发你走开的时候，你才可以装聋作哑。

**克洛顿** 装聋作哑！不！

　　　　*一使者上。*

**使者** 启禀陛下，罗马派了使臣来了，其中的一个是卡厄斯·路歇斯。

**辛白林** 一个很好的人，虽然他这次来是怀着敌意的；可是那不是他的错处。我们必须按照他主人的身分接待他；为了他个人以往对于我们的友谊，我们也必须给他应得的礼遇。我儿，你向你的情人道过早安以后，就到我们这儿来；我

辛
白
林

还要派你去招待这罗马人哩。来，我的王后。（除克洛顿外均下。）

**克洛顿** 　要是她已经起身，我要跟她谈谈；不然的话，让她一直睡下去做她的梦吧。有人吗？喂！（敲门）我知道她的侍女们都在她的身边。为什么我不去买通她们中间的一个呢？有了钱才可以到处通行；事情往往是这样的。是呀，只要有了钱，替狄安娜女神看守林子的人也会把他们的鹿偷偷地卖给外人。钱可以让好人含冤而死，也可以让盗贼逍遥法外；嘿，有时候它还会不分皂白，把强盗和好人一起吊死呢。什么事情它做不到？什么事情它毁不了？我要叫她的一个侍女做我的律师，因为我对于自己的案情还有点儿不大明白哩。有人吗？（敲门。）

　　　　　一宫女上。

**宫女** 　谁在那儿打门？

**克洛顿** 　一个绅士。

**宫女** 　不过是一个绅士吗？

**克洛顿** 　不，他还是一个贵妇的儿子。

**宫女** 　（旁白）有些跟你同样讲究穿着的人，他们倒还夸不出这样的口来呢。——您有什么见教？

**克洛顿** 　我要见见你们公主本人。她打扮好了没有？

**宫女** 　嗯，她还在闺房呢。

**克洛顿** 　这是赏给你的金钱；把你的好消息卖给我吧。

**宫女** 　怎么！把我的好名声也卖给你吗？还是把我认为是合适的话去向她通报？公主来了！

　　　　　伊摩琴上。

**克洛顿**  早安，最美丽的人儿；妹妹，让我吻一吻你可爱的手。

（宫女下。）

**伊摩琴**  早安，先生。您费了太多的辛苦，不过买到了一些烦恼；我所能给您的报答，只有这么一句话：我是不大懂得感激的，我也不肯向随便什么人表示我的谢意。

**克洛顿**  可是我还是发誓我爱你。

**伊摩琴**  要是您说这样的话，那对我还是一样；您尽管发您的誓，我是永远不来理会您的。

**克洛顿**  这不能算是答复呀。

**伊摩琴**  倘不是因为恐怕您会把我的沉默当作了无言的心许，我本来是不想说话的。请您放过我吧。真的，您的盛情厚意，不过换到我的无礼的轻蔑。您已经得到教训，应该懂得容忍是最大的智慧。

**克洛顿**  让你这样疯疯癫癫下去，那是我的罪过；我怎么也不愿意的。

**伊摩琴**  可是傻子医不好疯子。

**克洛顿**  你叫我傻子吗？

**伊摩琴**  我是个疯子，所以说你是傻子。要是你愿意忍耐一些，我也可以不再发疯；那么你就不是傻子，我也不是疯人了。我很抱歉，先生，你使我忘记了妇人的礼貌，说了这么多的废话。请你从此以后，明白我的决心，我是知道我自己的心的，现在我就凭着我的真诚告诉你，我对你是漠不相关的；并且我是那样冷酷无情，我简直恨你；这一点我原来希望你自己觉得，当面说破却不是我的本意。

**克洛顿**  你对你的父亲犯着不孝的罪名。讲到你自以为跟那下贱的家伙订下的婚约，那么像他那样一个靠着布施长大、吃些宫廷里残羹冷炙的人，这种婚约是根本不能成立的。虽然在微贱的人们中间——还有谁比他更微贱呢？——男女自由结合是一件可以容许的事，那结果当然不过生下一群黄脸小儿，过着乞丐一般的生活；可是你是堂堂天潢贵胄，那样的自由是不属于你的，你不能污毁王族的荣誉，去跟随一个卑贱的奴才、一个奔走趋承的下仆、一个奴才的奴才。

**伊摩琴** 　亵渎神圣的家伙！即使你是天神朱庇特的儿子，你也不配做他的侍仆；要是按照你的才能，你能够在他的王国里当一名刽子手的助手，已经是莫大的荣幸，人家将会妒恨你得到这样一个大好的位置。

**克洛顿** 　愿南方的毒雾腐蚀了他的筋骨！

**伊摩琴** 　他永远不会遭逢灾祸，只有被你提起他的名字才是他最大的不幸。曾经掩覆过他的身体的一件最破旧的衣服，在我看起来也比你头上所有的头发更为宝贵，即使每一根头发是一个像你一般的人。啊，毕萨尼奥！

　　　　　　毕萨尼奥上。

**克洛顿** 　"他的衣服"！哼，魔鬼——

**伊摩琴** 　你快给我到我的侍女陶乐雪那儿去——

**克洛顿** 　"他的衣服"！

**伊摩琴** 　一个傻子向我纠缠不清，我又害怕，又恼怒。去，我有一件贵重的饰物，因为自己太大意了，从我的手臂上滑落下来，你去叫我的侍女替我留心找一找；它是你的主人送给我的，即使有人把欧洲无论哪一个国王的收入跟我交换，我也宁死不愿放弃它。我好像今天早上还看见的；昨天夜里还的的确确在我的臂上，我还吻过它哩。我希望它不是飞到我的丈夫那儿去告诉他，说什么我除了他以外，还吻过别人。

**毕萨尼奥**　它不会不见的。

**伊摩琴**　我希望这样；去找吧。（毕萨尼奥下。）

**克洛顿**　你侮辱了我："他的最破旧的衣服"！

**伊摩琴**　嗯，我说过这样的话，先生。您要是预备起诉的话，就请找证人来吧。

**克洛顿**　我要去告诉你的父亲。

**伊摩琴**　还有您的母亲；她是我的好母后，我希望她会恨透了我。现在我要少陪了，先生，让您去满心不痛快吧。（下。）

**克洛顿**　我一定要报复。"他的最破旧的衣服"！好。（下。）


# 第四场　罗马。菲拉里奥家中一室

波塞摩斯及菲拉里奥上。

**波塞摩斯**　不用担心，先生；要是我相信我能够挽回王上的心，正像深信她会保持她的贞操一样确有把握，那就什么都没有问题了。

**菲拉里奥**　您向他设法疏通没有？

**波塞摩斯**　没有，我只是静候时机，在目前严冬的风雪中颤栗，希望温暖的日子会有一天到来。抱着这样残破的希望，我惭愧不能报答您的盛情；万一抱恨而终，只好永负大恩了。

**菲拉里奥**　能够和盛德的君子同堂共处，已经是莫大的荣幸，可以抵偿我为您所尽的一切微劳而有余。你们王上现在大概已经听到了伟大的奥古斯特斯的旨意；卡厄斯·路歇斯一定会不辱他的使命。我想贵国对于罗马的军威是领教过的，余痛未忘，这一次总不会拒绝纳贡偿欠的条款的。

**波塞摩斯**　虽然我不是政治家，也不会成为政治家，可是我相信这一次将会引起一场战争。你们将会听到目前驻屯法兰西的大军不久在我们无畏的不列颠登陆的消息，可是英国是决不会献纳一文钱的财物的。我们国内的人已经不像当初裘力斯·凯撒讥笑他们迟钝笨拙的时候那样没有纪律了，要是他尚在人世，一定会惊怒于他们的勇敢。他们的纪律再加上他们的勇气，将会向他们的赞美者证明他们是世上最善于改进的民族。

**菲拉里奥**　瞧！阿埃基摩！

　　　　阿埃基摩上。

**波塞摩斯**　最敏捷的驯鹿载着你在陆地上奔驰，四方的风吹着你的船帆，所以你才会这样快就回来了。

**菲拉里奥**　欢迎，先生。

**波塞摩斯**　我希望你所得到的简捷的答复，是你提早归来的原因。

**阿埃基摩**　你的爱人是我所见到过的女郎中间最美丽的一个。

**波塞摩斯**　而且也是最好的一个；要不然的话，让她的美貌在窗孔里引诱邪恶的人们，跟着他们堕落了吧。

**阿埃基摩**　这儿的信是给你的。

**波塞摩斯**　我相信是好消息。

**阿埃基摩**　大概是的。

**菲拉里奥**　你在英国的时候，卡厄斯·路歇斯是不是在英国宫廷里？

**阿埃基摩**　那时候他们正在等候他，可是还没有到。

**波塞摩斯**　那么暂时还不至于有事。这一颗宝石还是照旧发着光吗？或者你嫌它戴在手上太黯淡了？

**阿埃基摩**　要是我失去了它，那么我就要失去和它价值相等的黄金。我在英国过了这样甜蜜而短促的一夜，即使路程再远一倍，我也愿意再作一次航行，再享一夜这样温存的艳福。这戒指我已经赢到了。

**波塞摩斯**　这钻石太坚硬了，它的棱角是会刺人的。

**阿埃基摩**　一点不，你的爱人是这样一位容易说话的女郎。

**波塞摩斯**　先生，不要把你的失败当作一场玩笑；我希望你知道我们不能继续做朋友了。

**阿埃基摩**　好先生，要是你没有把我们的约定作为废纸，那么我们的友谊还是要继续下去的。假如这次我没有把关于你的爱人的消息带来，那么我承认我们还有进一步推究的必要，可是现在我宣布我已经把她的贞操和你的戒指同时赢到了；而且我也没有对不起她或是对不起你的地方，因为这都是出于你们两人自愿的。

**波塞摩斯**　要是你果然能够证明你已经和她发生了枕席上的关系，那么我的友谊和我的戒指都是属于你的；要不然的话，你这样污蔑了她的纯洁的贞操，必须用你的剑跟我一决雌雄，我们两人倘不是一死一生，就得让两柄无主的剑留给无论哪一个经过的路人收拾了去。

**阿埃基摩**　先生，我将要向你详细叙述我所见所闻的一切，它们

辛白林

将会是那样逼真，使你不能不相信我的话。我可以发誓证明它们的真实，可是我相信你一定会准许我不必多此一举，因为你自己将会觉得那是不需要的。

**波塞摩斯**　说吧。

**阿埃基摩**　第一，她的寝室——我承认我并没有在那儿睡过觉，可是一切值得注目的事物，都已被我饱览无遗了——那墙壁上张挂着用蚕丝和银线织成的锦毡，上面绣着华贵的克莉奥佩特拉和她的罗马英雄相遇的故事，昔特纳斯的河水一直泛滥到岸上，也许因为它载着太多的船只，也许因为它充满了骄傲；这是一件非常富丽堂皇的作品，那技术的精妙和它本身的价值简直不分高下；我真不信世上会有这样珍奇而工致的杰作，因为它的真实的生命——

**波塞摩斯**　这是真的；不过也许你曾经在这儿听我或是别人谈起过。

**阿埃基摩**　我必须用更详细的叙述证明我的见闻的真确。

**波塞摩斯**　是的，否则你的名誉将会受到损害。

**阿埃基摩**　火炉在寝室的南面，火炉上面雕刻着贞洁的狄安娜女神出浴的肖像；我从来没有见过这样栩栩如生的雕像；那雕刻师简直是无言的化工，他的作品除了不能行动，不能呼吸以外，一切都超过了大自然的杰作。

**波塞摩斯**　这你也可以从人家嘴里听到，因为它是常常被人称道的。

**阿埃基摩**　寝室的屋顶上装饰着黄金铸成的小天使；她的炉中的薪架，我几乎忘了，是两个白银塑成的眉目传情的小爱神，各自翘着一足站着，巧妙地凭靠在他们的火炬之上。

**波塞摩斯**　这就是她的贞操！就算你果然看见这一切——你的记忆力是值得赞美的——可是单单把她寝室里的陈设描写一下，却还不能替你保全你所押下的赌注。

**阿埃基摩**　那么，要是你的脸色会发白的话，请你准备起来吧。准许我把这宝贝透一透空气；瞧！（出手镯示波塞摩斯）它又到你眼前来了。它必须跟你那钻石戒指配成一对；我要把它们保藏起来。

**波塞摩斯**　神啊！再让我瞧一瞧。这就是我留给她的那手镯吗？

**阿埃基摩**　先生，我谢谢她，正是那一只。她亲自从她的臂上捋了下来；我现在还仿佛能想见她当时的光景；她的美妙的动作超过了她的礼物的价值，可是也使它变得格外贵重。她把它给了我，还说她曾经一度对它十分重视。

**波塞摩斯**　也许她取下这手镯来，是要请你把它送给我的。

**阿埃基摩**　她在信上向你这样写着吗？

**波塞摩斯**　啊！不，不，不，这是真的。来，把这也拿去；（以戒指授阿埃基摩）它就像一条毒龙，看它一眼也会置人于死命的。让贞操不要和美貌并存，真理不要和虚饰同在；有了第二个男人插足，爱情就该抽身退避。女人的誓言是不能发生效力的，因为她们本来不知道名节是什么东西。啊！无限的虚伪！

**菲拉里奥**　宽心一些，先生，把您的戒指拿回去；它还不能就算被他赢到哩。这手镯也许是她偶然遗失；也许——谁知道是不是她的侍女受人贿赂，把它偷出来的？

**波塞摩斯**　很对，我希望他是这样得到它的。把我的戒指还我。向我提出一些比这更可靠的关于她肉体上的证据；因为这是偷来的。

**阿埃基摩**　凭着朱庇特发誓，这明明是她从臂上取下来给我的。

**波塞摩斯**　你听，他在发誓，凭着朱庇特发誓了。这是真的；不，把那戒指留着吧；这是真的。我确信她不会把它遗失；她的侍女们都是矢忠不贰的；她们会受一个不相识者的贿诱，把它偷了出来！不可能的事！不，他已经享受过她的肉体了；她用这样重大的代价，买到一个淫妇的头衔：这就是她的失贞的铁证。来，把你的酬劳拿了去；愿地狱中一切恶鬼为了争夺你而发生内讧吧！

**菲拉里奥**　先生，宽心一些吧；对于一个信心很深的人，这还不够作为充分的证据。

**波塞摩斯**　不必多说，她已经被他奸污了。

**阿埃基摩**　要是你还要找寻进一步的证据，那么在她那值得被人爱抚的酥胸之下，有一颗小小的痣儿，很骄傲地躺在这销魂蚀骨的所在。凭着我的生命起誓，我情不自禁地吻了它，虽然那给我很大的满足，却格外燃起了我的饥渴的欲望。你还记得她身上的这一颗痣吗？

**波塞摩斯**　嗯，它证实了她还有一个污点，大得可以充塞整个的地狱。

**阿埃基摩**　你愿意再听下去吗？

**波塞摩斯**　少卖弄一些你的数学天才吧；不要一遍一遍地向我数说下去；只一遍就抵得过一百万次了！

**阿埃基摩**　我可以发誓——

**波塞摩斯**　不用发誓。要是你发誓说你没有干这样的事，你就是说谎；要是你否认奸污了我的妻子，我就要杀死你。

**阿埃基摩**　我什么都不否认。

**波塞摩斯**　啊！我希望她就在我的眼前，让我把她的肢体一节一节撕得粉碎。我要到那里去，走进她的宫里，当着她父亲的面前撕碎她。我一定要干些什么——（下。）

**菲拉里奥**　全然失去了自制的能力！你已经胜利了。让我们跟上他去，解劝解劝他，免得他在盛怒之下，干出一些不利于自己的事来。

**阿埃基摩**　我很愿意。（同下。）


# 第五场　同前。另一室

波塞摩斯上。

**波塞摩斯**　难道男人们生到这世上来，一定要靠女人的合作的吗？我们都是私生子，全都是。被我称为父亲的那位最可尊敬的人，当我的母亲生我的时候，谁也不知道他在什么地方；不知道哪一个人造下了我这冒牌的赝品；可是我的母亲在当时却是像狄安娜一般圣洁的，正像现在我的妻子擅着无双美誉一样。啊，报复！报复！她不让我享受我的合法的欢娱，常常劝诫我忍耐自制，她的神情是那样的贞静幽娴，带着满脸的羞涩，那楚楚可怜的样子，便是铁石心肠的人，也不能不见了心软；我以为她是像没有被太阳照临的白雪一般皎洁的。啊，一切的魔鬼们！这卑鄙的阿埃基摩在一小时之内——也许还不到一小时的工夫？——也许他没有说什么话，只是像一头日耳曼的野猪似的，一声叫喊，一下就扑了上去，除了照例的半推半就以外，并没有遭遇任何的反抗。但愿我能够在我自己的一身之内找到哪一部分是女人给我的！因为我断定男人的罪恶的行动，全都是女人遗留给他的性质所造成的：说谎是女人的天性；谄媚也是她的；欺骗也是她的；淫邪和猥亵的思想，都是她的、她的；报复也是她的本能；野心、贪欲、好胜、傲慢、虚荣、诽谤、反复，凡是一切男人所能列举、地狱中所知道的罪恶，或者一部分，或者全部分，都是属于她的；不，简直是全部分；因为她们即使对于罪恶也没有恒心，每一分钟都要更换一种新的花样。我要写文章痛骂她们、厌恶她们、咒诅她们。可是这还不是表示真正的痛恨的最好的办法，我应该祈求神明让她们如愿以偿，因为她们自己招来的痛苦，是远胜于魔鬼所能给与她们的灾祸的。（下。）

# 第三幕

## 第一场　英国。辛白林宫中大厅

> 辛白林、王后、克洛顿及群臣自一门上；卡厄斯·路歇斯及侍从等自另一门上。

**辛白林**　现在告诉我们，奥古斯特斯·凯撒有什么赐教？

**路歇斯**　我们的先皇裘力斯·凯撒——他的记忆至今存留在人们心目之中，他的赫赫的威名将要永远流传于众口——当他征服贵国的时候，正是令叔凯西伯兰当国，他的卓越的功业，是素来为凯撒所称道的；那时令叔曾经答应每年向罗马献纳三千镑的礼金，传诸后嗣，永为定例，可是近年来陛下却没有履行这一项义务。

**王后**　为了免得你们惊讶起见，我们将要从此废除这一项成例。

**克洛顿**　也许要经过许多的凯撒才会再有这样一个裘力斯出现。

辛
白
林

英国是一个独立的世界，我们自己的鼻子爱怎样生长就怎样生长，用不着向任何人付款。

**王后**　当初他们凭借威力，夺去我们独立自强的机会，现在这样的机会又重新到我们手里了。陛下不要忘了先王们缔造的辛勤，也不要忘了我们这岛上天然的形势，它正像海神的苑囿一般，周遭环绕着峻峭的危岩、咆哮的怒浪和广漠的沙碛，敌人们的船只一近滩岸，就会连桅樯一起陷入沙内。凯撒曾经在这儿得到过一次小小的胜利，可是他的"我来，我看见，我征服"的豪语，却不是在这儿发表的。他曾经两次被我们击退，驱出海岸之外，这是他平生第一次感到痛心的耻辱；他的船舶——可怜的无用的泡沫！——在我们可怕的海上，就像随波浮沉的蛋壳一般，一碰到我们的岩石就撞为粉碎。为了庆祝那一次的胜利，著名的凯西伯兰——他曾经一度几乎使凯撒屈服于他的宝剑之下，啊，反复无常的命运！——下令全国举起欢乐的火炬，每一个不列颠人都扬眉吐气，勇敢百倍。

**克洛顿**　得啦，什么礼金我们也不付的。我们的国势已经比当初强了许多；而且我说过的，你们也不会再有那样一位凯撒；也许别的凯撒也有弯曲的鼻子，可是谁也不会再有那样挺直的手臂了。

**辛白林**　我儿，让你的母亲说下去。

**克洛顿**　在我们中间还有许多人有着像凯西伯兰一样坚强的铁腕；我并不说我也是一个，可是我的手却也不怕和人家周旋。为什么要我们献纳礼金？要是凯撒能够用一张毯子遮住太阳，或是把月亮藏在他的衣袋里，那么我们为了需要光明的缘故，只好向他献纳礼金；要不然的话，阁下，请您还是不用提起礼金这两个字吧。

**辛白林**　你必须知道，在包藏祸心的罗马人没有向我们勒索这一笔礼金以前，我们本来是自由的；凯撒的囊括世界的雄心，使他不顾一切阻力，把桎梏套在我们的头上；我们是尚武好勇的民族，当然要挣脱这一种难堪的束缚。我们当时就曾向凯撒说过，我们的祖先就是为我们制定法律的慕尔缪歇斯，他的神圣的宪章已经在凯撒的武力之下横遭摧残；凭着我们所有的力量，恢复我们法纪的尊严，这是我们义不容辞的责任，虽然因此而触怒罗马，也在所不顾。慕尔缪歇斯制定我们的法律，他是第一个戴上黄金的宝冠即位称王的不列颠人。

**路歇斯**　我很抱歉，辛白林，我必须向你宣告奥古斯特斯·凯撒是你的敌人；在凯撒麾下奔走服役的国王，是比你全国所有的官吏更多的。我现在用凯撒的名义，通知你战争和混乱的命运已经临到你的头上，无敌的雄师不久就要开入你的国境之内，请准备着吧。现在我的挑战的使命已经完毕，让我感谢你给我的优渥的礼遇。

**辛白林**　你是我们的嘉宾，卡厄斯。我曾经从你们凯撒的手里受到骑士的封号；我的少年时代大半是在他的麾下度过，是他启发了我荣誉的观念；为了不负他的训诲起见，我必须全力保持我的荣誉。我知道巴诺尼亚人和达尔迈西亚人已经为了争取他们的自由而揭竿奋起了；凯撒将会知道不列颠人不是麻木不仁的民族，决不会看着这样的前例而无动于衷的。

**路歇斯** 让事实证明一切吧。

**克洛顿** 我们的王上向您表示欢迎。请您在我们这儿多玩一两天。要是以后您要跟我们用另一副面目相见，您必须在海水的拱卫中间找寻我们；要是您能够把我们驱逐出去，我们的国土就是你们的；要是你们的冒险失败了，那却便宜了我们的乌鸦，可以把你们的尸体饱餐一顿；事情就是这样完结。

**路歇斯** 很好，阁下。

**辛白林** 我知道你们主上的意思，他也知道我的意思。我现在所要向你说的唯一的话，就是"欢迎"！（同下。）

# 第二场　同前。另一室

*毕萨尼奥上，读信。*

**毕萨尼奥** 怎么！犯了奸淫！你为什么不写明这是哪一个鬼东西捏造她的谣言？里奥那托斯！啊，主人！什么毒药把你的耳朵麻醉了？哪一个毒手毒舌的、奸恶的意大利人向你搬弄是非，你会这样轻易地听信他？不忠实！不，她是因为忠贞不贰而受尽折磨，像一个女神一般，超过一切妻子所应尽的本分，她用过人的毅力，抵抗着即使贞妇也不免屈服的种种胁迫。啊，我的主人！你现在对她所怀的卑劣的居心，恰恰和你低微的命运相称。嘿！我必须杀死她，是因为我曾经立誓尽忠于你的命令吗？我，她？她的血？要是必须这样才算尽了一个仆人的责任，那么我宁愿永远不要做人家的忠仆。我的脸上难道竟是这样冷酷无情，会动手干这种没有人心的事吗？"此事务须速行无忽。余已遵其请求，另有一函致达彼处，该信将授汝以机会。"啊，可恶的书信！你的内容正像那写在你幕上面的墨水一般黑。无知无觉的纸片，你做了这件罪行的同谋者，你的外表却是这样处女般的圣洁吗？瞧！她来了。我必须把主人命令我做的事隐瞒起来。

　　　　*伊摩琴上。*

**伊摩琴**　啊，毕萨尼奥！

**毕萨尼奥**　公主，这儿有一封我的主人寄来的信。

**伊摩琴**　谁？你的主？那就是我的主里奥那托斯。啊！要是有哪一个占星的术士熟悉天上的星辰，正像我熟悉他的字迹一样，那才真算得学术湛深，他的慧眼可以观察到未来的一切。仁慈的神明啊，但愿这儿写着的，只是爱，是我主的健康，是他的满足，可是并不是他对于我们两人远别的满足；让这一件事使他悲哀吧，有些悲哀是有药饵的作用的，这一种悲哀也是，因为它可以滋养爱情；但愿他一切满足，只除了这一件事！好蜡，原谅我，造下这些把心事密密封固的锁键的蜂儿们啊，愿你们有福！好消息，神啊！"噫，至爱之人乎！设卿不愿与仆更谋一面，则将重创仆心；纵令仆为卿父所获而被处极刑，其惨痛尚不若如是之甚。仆今在密尔福德港之堪勃利亚；倘蒙垂怜，幸希临视，否则悉随卿意可耳。山海之盟，永矢勿谖；爱慕之忱，与日俱进。敬祝万福！里奥那托斯·波塞摩斯手启。"啊！但愿有一匹插翅的飞马！你听见吗，毕萨尼奥？他在密尔

辛白林

福德港；读了这封信，再告诉我到那里去有多少路。要是一个事情并不重要的人，费了一星期的跋涉，就可以走到那里，那么为什么我不能在一天之内飞步赶到？所以，忠心的毕萨尼奥——你也像我一样渴想着见一见你主人的面的；啊！让我改正一句，你虽然思念你的主人，可是并不像我一样；你的思念之心是比较淡薄的；啊！你不会像我一样，因为我对于他的爱慕超过一切的界限——说，用大声告诉我——爱情的顾问应该用充耳的雷鸣震聋听觉——到这幸福的密尔福德有多少路程，同时告诉我威尔士何幸而拥有这样一个海港；可是最重要的，你要告诉我，我们怎么可以从这儿逃走出去，从出走到回来这一段时间，用怎样的计策才可以遮掩过他人的耳目；可是第一还是告诉我逃走的方法。为什么要在事前预谋掩饰？这问题我们尽可慢慢再谈。说，我们骑着马每一小时可以走几哩路？

**毕萨尼奥** 从日出到日没，公主，二十哩路对于您已经足够了，也许这样还嫌太多。

**伊摩琴** 嗳哟，一个骑了马去上刑场的人，也不会走得这样慢。我曾经听说有些赛马的骑士，他们的马走得比沙漏中的沙还快。可是这些都是傻话。去叫我的侍女诈称有病，说她要回家去看看她的父亲；然后立刻替我备下一身骑装，不必怎样华贵，只要适宜于一个小乡绅的妻子的身分就得了。

**毕萨尼奥** 公主，您最好还是考虑一下。

**伊摩琴** 我只看见我前面的路，朋友；这儿的一切，或是以后发生的事情，都笼罩在迷雾之中，望去只有一片的模糊。去吧，我求求你；照我的吩咐做去。不用再说别的话语，密尔福德是我唯一的去处。（同下。）


# 第三场　威尔士。山野，有一岩窟

培拉律斯、吉德律斯及阿维拉古斯自山洞中上。

**培拉律斯**　真好的天气！像我们这样住在低矮的屋宇下的人，要是深居不出，那才是辜负了天公的厚意。弯下身子来，孩子们；这一个洞门教你们怎样崇拜上天，使你们在清晨的阳光之中，向神圣的造物者鞠躬致敬。帝王的宫门是高敞的，即使巨人们也可以高戴他们丑恶的头巾，从里面大踏步走出来，而无须向太阳敬礼。晨安，你美好的苍天！我们虽然住在岩窟之中，却不像那些高楼大厦中的人们那样对你冷淡无情。

**吉德律斯**　晨安，苍天！

**阿维拉古斯**　晨安，苍天！

**培拉律斯**　现在要开始我们山间的狩猎。到那边山上去，你们的腿是年轻而有力的；我只好在这儿平地上跑跑。当你们在上面看见我只有乌鸦那么大小的时候，你们应该想到你们所处的地位，正可以显示出万物的渺小和自己的崇高；那时你们就可以回想到我曾经告诉你们的关于宫廷、君主和战争的权谋的那些故事，功业成就之时，也就是藏弓烹狗之日；想到了这一些，可以使我们从眼前所见的一切事物之中获得教益，我们往往可以这样自慰，硬壳的甲虫是比奋翼的猛鹰更为安全的。啊！我们现在的生活，不是比小

辛白林

心翼翼地恭候着他人的叱责、受了贿赂而无所事事、穿着不用钱买的绸缎的那种生活更高尚、更富有、更值得自傲吗？那些受人供养、非但不知报答、还要人家向他脱帽致敬的人，他们的生活是不能跟我们相比的。

**吉德律斯**　您这些话是根据您的经验而说的。我们是羽毛未丰的小鸟，从来不曾离巢远飞，也不知道家乡之外，还有什么天地。要是平静安宁的生活是最理想的生活，也许这样的生活是最美满的；对于您这样一位饱尝人世辛酸的老人家，当然会格外觉得它的可爱；可是对于我们，它却是愚昧的暗室、卧榻上的旅行、不敢跨越一步的负债者的牢狱。

**阿维拉古斯**　当我们像您一样年老的时候，我们有些什么话可以向人诉说呢？当我们听见狂暴的风雨打击着黑暗的严冬的时候，在我们阴寒的洞窟之内，我们应该用些什么谈话，来排遣这冷冰冰的时间呢？我们什么都没有见过。我们全然跟野兽一样，在觅食的时候，我们是像狐狸一般狡狯、像豺狼一般凶猛的；我们的勇敢只是用来追逐逃走的猎物。正像被囚的鸟儿一样，我们把笼子当作了唱歌的所在，高唱着我们的羁囚。

**培拉律斯**　你们说的是什么话！要是你们知道城市中的榨取掠夺，亲自领略过那种抽筋刮髓的手段；要是你们知道宫廷里的勾心斗角，去留都是同样的困难，爬得越高，跌得越重，即使幸免陨越，那如履薄冰的惴惧，也就够人受了；要是你们知道战争的困苦，为了名誉和光荣，追寻着致命的危险，一旦身死疆场，往往只留下几行诬谤的墓铭，记录他生前的功业；是的，立功遭谴，本来是不足为奇的事，最使人难堪的，你还必须恭恭敬敬地陪着小心，接受那有罪的判决。孩子们啊！世人可以在我身上读到这一段历史：我的肉体上留着罗马人刀剑的伤痕，我的声誉一度在最知名的人物之间忝居前列；我曾经邀辛白林的眷宠；当人们谈起战士的时候，我的名字总离不了他们的嘴边；那时我正像一株枝头满垂着果子的大树，可是在一夜之间，狂风突起或是盗贼光临，由你们怎么说都可以，摇落了我的成熟的果实，不，把我的叶子都一起摇了下来，留下我这枯干秃枝，忍受着风霜的凌虐。

**吉德律斯**　不可靠的恩宠！

**培拉律斯**　我屡次告诉你们，我并没有犯什么过失，可是我的完整的荣誉，敌不了那两个恶人的虚伪的誓言，他们向辛白林发誓说我和罗马人密谋联络。自从我那次被他们放逐以后，这二十年来，这座岩窟和这一带土地就成为我的世界，我在这儿度着正直而自由的生活，在我整个的前半生中，还不曾有过这样的机会，可以让我向上天掬献我的虔诚的感谢。可是到山岭上去吧！这不是猎人们的语言。谁最先把鹿捉到，谁就是餐席上的主人，其余的两人将要成为他的侍者；我们无须担心有人下毒，像那些豪门中的盛筵一样。我在山谷里和你们会面吧。（吉德律斯、阿维拉古斯同下）天性中的灵明是多么不容易掩没！这两个孩子一些不知道他们是国王的儿子；辛白林也永远梦想不到他们尚在人间。他们以为我是他们的父亲；虽然他们是在这俯腰曲背的卑微的洞窟之中教养长大，他们的雄心却可以冲破王宫的屋顶，他们过人的天性，使他们在简单渺小的事物之

辛白林

中显示出他们高贵的品格。这一个波里多，辛白林的世子，不列颠王统的继承者，吉德律斯是他的父王为他所取的本名——神啊！当我坐在三脚凳上，向他讲述我的战绩的时候，他的心灵就飞到了我的故事的中间；他说，"我的敌人也是这样倒在地上，我也是这样把我的脚踏住他的脖子；"就在那时候，他的高贵的血液升涨到他的颊上，他流着汗，他的幼稚的神经紧张到了极度，他装出种种的姿势，表演着我所讲的一切情节。他的弟弟凯德华尔，——阿维拉古斯是他的本名——也像他哥哥一样，常常把生命注入我的叙述之中，充分表现出他活跃的想像。听！猎物已经赶起来了。辛白林啊！上天和我的良心知道，你不应该把我无辜放逐；为了一时气愤，我才把这两个孩子偷了出来，那时候一个三岁，一个还只有两岁；因为你褫夺了我的土地，我才想要绝灭你的后嗣。尤莉菲尔，你是他们的乳母，他们把你当作他们的母亲，每天都要到你的墓前凭吊。我自己，培拉律斯，现在化名为摩根，是他们心目中的亲生严父。打猎已经完毕了。（下。）

# 第四场　密尔福德港附近

*毕萨尼奥及伊摩琴上。*

**伊摩琴**　当我们下马的时候，你对我说那地方没有几步路就可以走到；我的母亲生我那天渴想着看一看我的那种心理，还不及我现在盼望他的热切。毕萨尼奥！朋友！波塞摩斯在哪儿？你这样呆呆地睁大了眼睛，心里在转些什么念头？为什么你要深深地叹息？要是照你现在的形状描成一幅图画，人家也会从它上面看出一副茫然若失的心情。拿出勇敢一些的气概来吧，否则我将惶惑不安了。什么事？为什么你用那么冷酷的眼光，把这一封信交给我？假如它是盛夏的喜讯，你应该笑逐颜开；假如它是严冬的噩耗，那么继续保持你这副脸相吧。我的丈夫的笔迹！那为毒药所麻醉的意大利已经使他中了圈套，他现在是在不能自拔的窘境之中。说，朋友；我自己读下去也许是致命的消息，从你嘴里说出来或者可以减轻一些它的严重的性质。

**毕萨尼奥**　请您念下去吧；您将要知道我是最为命运所蔑视的一个倒楣的家伙。

**伊摩琴**　"毕萨尼奥乎，尔之女主人行同娼妓，证据凿凿，皆为余所疾首痛心，永志不忘者。此言并非无端之猜测，其确而可信，殆无异于余心之悲痛；耿耿此恨，必欲一雪而后快。毕萨尼奥乎，尔之忠诚倘未因受彼濡染而变色，则尔当手刃此妇，为余尽报复之责。余已致函彼处，嘱其至密尔福德港相会，此实为尔下手之良机。设尔意存迟疑，不果余言，则彼之丑行，尔实与谋；一为失贞之妇，一为不忠之仆，余之愤怒将兼及尔身。"

**毕萨尼奥**　我何必拔出我的剑来呢？这封信已经把她的咽喉切断了。不，那是谣言，它的锋刃比刀剑更锐利，它的长舌比尼罗河中所有的毒蛇更毒，它的呼吸驾着疾风，向世界的每一个角落散播它的恶意的诽谤；宫廷之内、政府之中、少女和妇人的心头，以至于幽暗的坟墓，都是这恶毒的谣

辛白林

言伸展它的势力的所在。您怎么啦，公主？

**伊摩琴** 失贞！怎么叫做失贞？因为思念他而终宵不寐吗？一点钟又一点钟地流着泪度过吗？在倦极入睡的时候，因为做了关于他的恶梦而哭醒转来吗？这就是失贞，是不是？

**毕萨尼奥** 唉！好公主！

**伊摩琴** 我失贞！问问你的良心吧！阿埃基摩，你曾经说过他怎样怎样放荡，那时候我瞧你像一个恶人；现在想起来，你的面貌还算是好的。哪一个涂脂抹粉的意大利淫妇迷住了他；可怜的我是已经陈旧的了，正像一件不合时式的衣服，挂在墙上都嫌刺目，所以只好把它撕碎；让我也被你们撕得粉碎吧！啊！男人的盟誓是妇女的陷阱！因为你的变心，夫啊！一切美好的外表将被认为是掩饰奸恶的面具；它不是天然生就，而是为要欺骗妇女而套上去的。

**毕萨尼奥** 好公主，听我说。

**伊摩琴** 正人君子的话，在当时往往被认为虚伪；奸诈小人的眼泪，却容易博取人们的同情。波塞摩斯，你的堕落将要影响到一切俊美的男子，他们的风流秀雅，将要成为诈伪欺心的标记。来，朋友，做一个忠实的人，执行你主人的命令吧。当你看见他的时候，请你向他证明我的服从。瞧！我自己把剑拔出来了；拿着它，把它刺进我的爱情的纯洁的殿堂——我的心坎里去吧。不用害怕，它除了悲哀之外，是什么也没有的；你的主人不在那儿，他本来是它唯一的财富。照他的吩咐实行，举起你的剑来。你在正大的行动上也许是勇敢的，可是现在你却像一个懦夫。

**毕萨尼奥** 去，万恶的武器！我不能让你玷污我的手。

**伊摩琴**　不，我必须死；要是我不死在你的手里，你就不是你主
　　　　人的仆人。我的软弱的手没有自杀的勇气，因为那是为神
　　　　圣的教条所禁止的。来，这儿是我的心。它的前面还有些
　　　　什么东西；且慢！且慢！我们要撤除一切的防御，像剑鞘
　　　　一般服贴顺从。这是什么？忠实的里奥那托斯的金科玉律，
　　　　全变成了异端邪说！去，去，我的信心的破坏者！我不要
　　　　你们再做我的心灵的护卫了。可怜的愚人们是这样信任着
　　　　虚伪的教师；虽然受欺者的心中感到深刻的剧痛，可是欺
　　　　诈的人也逃不了更痛苦的良心的谴责。你，波塞摩斯，你
　　　　使我反抗我的父王，把贵人们的求婚蔑弃不顾，今后你将
　　　　会知道这不是寻常的行动，而是需要希有的勇气的。我还
　　　　要为你悲伤，当我想到你现在所贪恋的女人，一旦把你厌
　　　　弃以后，我的记忆将要使你感到怎样的痛苦。请你赶快动
　　　　手吧；羔羊在向屠夫恳求了；你的刀子呢？这不但是你主
　　　　人的命令，也是我自己的愿望，你不该迟疑畏缩。

**毕萨尼奥**　啊，仁慈的公主！自从我奉命执行这一件工作以来，
　　　　我还不曾有过片刻的安睡。

**伊摩琴**　那么快把事情办好，回去睡觉吧。

**毕萨尼奥**　我要等熬瞎了眼睛才去哩。

**伊摩琴**　那么为什么接受这一件使命？为什么为了一个虚伪的借
　　　　口，走了这么多的路？为什么要到这儿来？我们两人的行
　　　　动，我们马儿的跋涉，都为着什么？为什么浪费这多的
　　　　时间？为什么要引起宫廷里对于我的失踪的惊疑？——那
　　　　边我是准备再也不回去的了。——为什么你已经走到你的
　　　　指定的屠场，那被选中的鹿儿就在你的面前，你又改变了

辛
白
林

你的决意？

**毕萨尼奥**　我的目的只是要迁延时间，逃避这样一件罪恶的差使。我已经在一路上盘算出一个办法。好公主，耐心听我说吧。

**伊摩琴**　说吧，尽你说到舌敝唇焦。我已经听见说我是个娼妓，我的耳朵早被谎话所刺伤，任何的打击都不能使它感到更大的痛苦，也没有哪一根医生的探针可以探测我的伤口有多么深。可是你说吧。

**毕萨尼奥**　那么，公主，我想您是不会再回去的了。

**伊摩琴**　那当然啦，你不是带我到这儿来杀死我的吗？

**毕萨尼奥**　不，不是那么说。可是我的智慧要是跟我的良心一样可靠，那么我的计策也许不会失败。我的主人一定是受了人家欺骗；不知哪一个恶人，嗯，一个千刁万恶的恶人；用这种该死的手段中伤你们两人的感情。

**伊摩琴**　一定是哪一个罗马的娼妓。

**毕萨尼奥**　不，凭着我的生命起誓。我只要通知他您已经死了，按照他的吩咐，寄给他一些血证；您从宫廷里失踪的消息，可以使他对于这件事深信不疑。

**伊摩琴**　嗳哟，好人儿，你叫我干些什么事？住在什么地方？怎样生活下去？我的丈夫认为我已经死去了，我的生命中还有什么乐趣？

**毕萨尼奥**　要是您还愿意回到宫里去——

**伊摩琴**　没有宫廷，没有父亲；再也不要受那个粗鲁的、尊贵的、愚蠢的废物克洛顿的烦扰！那克洛顿，他的求爱对于我就像敌军围攻一样可怕。

**毕萨尼奥**　要是不回宫里去，那么您就不能住在英国。

**伊摩琴** 那么到什么地方去呢？难道一切的阳光都是照在英国的吗？除了英国之外，别的地方都是没有昼夜的吗？在世界的大卷册中，我们的英国似乎附属于它，却并不是它本身的一部分；她是广大的水池里一个天鹅的巢。请你想一想，英国以外也是有人居住的。

**毕萨尼奥** 我很高兴您想到别的地方。罗马的使臣路歇斯明天要到密尔福德港来了。要是您能够适应您目前的命运，改变一下您的装束——因为照您现在这样子，对于您是不大安全的——您就可以走上一条康庄大道，饱览人世间的形形色色；而且也许还可以接近波塞摩斯所住的地方，即使您看不见他的一举一动，至少也可以从人们的传说之中，每小时听到关于他的确实的消息。

**伊摩琴** 啊！要是有这样的机会，只要对于我的名节没有毁损，即使冒一些危险，我也愿意一试。

**毕萨尼奥** 好，那么听我说来。您必须忘记您是一个女人，把命令换了服从，把女人本色的怕事和小心，换了放肆的大胆；您必须把讥笑的话随时挂在口头；您必须应答敏捷，不怕得罪别人，还要像鼬鼠一般喜欢吵架；而且您必须忘掉您有一张世间最珍贵的面庞，让它去受遍吻一切的阳光的贪馋的抚摩，虽然太忍心了，可是唉！这也是没有办法的事；最后，您必须忘掉那曾经使天后朱诺妒恨的一切繁细而工致的修饰。

**伊摩琴** 得啦，说简单一些。我明白你的用意，差不多已经变成一个男人啦。

**毕萨尼奥** 第一，您要把自己装扮得像一个男人。我因为预先想

辛
白
林

到这一层，早已把紧身衣、帽子、长袜和一切应用的物件一起准备好，它们都在我的衣包里面。您穿起了这样的服装，再摹仿一些像您这样年龄的青年男子们的神气，就可以到尊贵的路歇斯面前介绍您自己，请求他把您收留，对他说，您能够侍候他的左右，对于您是一件莫大的幸事。要是他有一对鉴赏音乐的耳朵，听了您这样娓娓动人的说话，一定会非常高兴地拥抱您，因为他不但为人正直，而且秉性也是非常仁慈。您在外面的费用，一切都在我身上；我一定会随时供给您的。

**伊摩琴**　你是天神们赐给我的唯一的安慰。去吧；还有一些事情需要考虑，可是我们将要利用时间给与我们的机会。我已经下了决心，实行这样的尝试，并且准备用最大的勇气忍受一切。你去吧。

**毕萨尼奥**　好，公主，我们必须这样匆匆地分手了，因为我怕他们不见我的踪迹，会疑心到是我骗诱您从宫中出走的。我的尊贵的女主人，这儿有一个小匣子，是王后赐给我的，里面藏着灵奇的妙药；要是您在海上晕船，或是在陆地上感到胸腹作恶，只要服下一点点儿，就可以药到病除。现在您快去找一处有树木荫蔽的所在，把您的男装换起来吧。愿天神们领导您到最幸福的路上！

**伊摩琴**　阿门。我谢谢你。（各下。）

# 第五场　辛白林宫中一室

辛白林、王后、克洛顿、路歇斯、群臣及侍从等上。

**辛白林**　再会吧，恕不远送了。

**路歇斯**　谢谢陛下。敝国皇帝已经有命令来，我不能不回去。我
很抱憾我必须回国复命，说您是我的主上的敌人。

**辛白林**　阁下，我的臣民不愿忍受他的束缚；要是我不能表示出
比他们更坚强的态度，那是有失一个国王的身分的。

**路歇斯**　是的，陛了。我还要向您请求派几个人在陆地上护送我
到密尔福德港。娘娘，愿一切快乐降在您身上！

**王后**　愿您也享受同样的快乐！

**辛白林**　各位贤卿，你们护送路歇斯大人安全到港，一切应有的
礼节，不可疏忽。再会吧，高贵的路歇斯。

**路歇斯**　把您的手给我，阁下。

**克洛顿**　接受我这友谊的手吧；可是从今以后，我们是要化友为
敌了。

**路歇斯**　阁下，结果还不知道胜败谁属哩。再会！

**辛白林**　各位贤卿，不要离开尊贵的路歇斯；等他渡过了塞汶河，
你们再回来吧。祝福！（路歇斯及群臣下。）

**王后**　他含怒而去；可是我们已向他说明了立场，那正是我
们的光荣。

**克洛顿**　这样才好；勇敢的不列颠人谁都希望有这么一天。

**辛白林**　路歇斯早已把这儿的一切情形通知他的皇帝了，所以我
们应该赶快把战车和马队调集完备。他们已经驻扎在法兰

西的军队马上就可以传令出发，向我们的国境开始攻击。

**王后**　这不是随便可以混过去的事情；我们必须奋起全力，迅速准备我们御敌的工作。

**辛白林**　幸亏我们早已预料到这一着，所以才能够有恃无恐。可是，我的好王后，我们的女儿呢？她并没有出来见罗马的使臣，也没有向我们问安。她简直把我们当作仇人一样看待，忘记了做女儿的责任了；我早就注意到她这一种态度。叫她出来见我；我们一向太把她纵容了。（一侍从下。）

**王后**　陛下，自从波塞摩斯放逐以后，她就过着深居简出的生活；这种精神上的变态，陛下，我想还是应该让时间来治愈它的。请陛下千万不要把她责骂；她是一位受不起委屈的小姐，你说了她一句话，就像用刀剑刺进她的心里，简直就是叫她死。

　　　　　　一侍从重上。

**辛白林**　她呢？我们应该怎么应付她这种藐视的态度？

**侍从**　启禀陛下，公主的房间全都上了锁，我们大声呼喊，也没有人回答。

**王后**　陛下，上一次我去探望她的时候，她请求我原谅她的闭门不出，她说因为身子有病，不能每天来向您请安，尽她晨昏定省的责任；她希望我在您的面前转达她的歉意，可是因为碰到国有要事，我也忘记向您提起了。

**辛白林**　她的门上了锁！最近没有人见过她的面！天哪，但愿我所恐惧的并不是事实！（下。）

**王后**　儿啊，你也跟着王上去吧。

**克洛顿**　她那个亲信的老仆毕萨尼奥，这两天我也没有见过。

莎士比亚戏剧集

**王后**  去探查一下。（克洛顿下）毕萨尼奥，你这替波塞摩斯出尽死力的家伙！他有我给他的毒药；但愿他的失踪的原因是服毒身亡，因为他相信那是非常珍贵的灵药。可是她，她到什么地方去了呢？也许她已经对人生感觉绝望，也许她驾着热情的翅膀，飞到她心爱的波塞摩斯那儿去了。她不是奔向死亡，就是走到不名誉的路上；无论走的是哪一条路，我都可以利用这个机会达到我的目的；只要她跌倒了，这一顶不列颠的王冠就可以稳稳地落在我的掌握之中。

> 克洛顿重上。

**王后**  怎么啦，我的孩子！

**克洛顿**  她准是逃走啦。进去安慰安慰王上吧；他在那儿暴跳如雷，谁也不敢走近他。

**王后**  （旁白）再好没有；但愿这一夜的气愤促短了他明日的寿命！（下。）

**克洛顿**  我又爱她又恨她。因为她是美貌而高贵的，她娴熟一切宫廷中的礼貌，无论哪一个妇人少女都不及她的优美；每一个女人的长处她都有，她的一身兼备众善，超过了同时的侪辈。我是因此而爱她的。可是她瞧不起我，反而向卑微的波塞摩斯身上滥施她的爱宠，这证明了她的不识好坏，虽然她有其他种种难得的优点，也不免因此而逊色；为了这一个缘故，我决定恨她，不，我还要向她报复我的仇恨哩。因为当傻子们——

> 毕萨尼奥上。

**克洛顿**  这是谁？什么！你想逃走吗，狗才？过来。啊，你这好忘八羔子！混蛋，你那女主人呢？快说，否则我立刻送你见魔鬼去。

**毕萨尼奥**　啊，我的好殿下！

**克洛顿**　你的女主人呢？凭着朱庇特起誓，你要是再不说，我也不再问你了。阴刁的奸贼，我一定要从你的心里探出这个秘密，否则我要挖破你的心找它出来。她是跟波塞摩斯在一起吗？从他满身的卑贱之中，找不出一丝可取的地方。

**毕萨尼奥**　唉，我的殿下！她怎么会跟他在一起呢？她几时不见的？他是在罗马哩。

**克洛顿**　她到哪儿去了？走近一点儿，别再吞吞吐吐了。明明白白告诉我，她的下落怎么样啦？

**毕萨尼奥**　啊，我的大贤大德的殿下！

**克洛顿**　大奸大恶的狗才！赶快对我说你的女主人在什么地方。一句话，再不要干嚷什么"贤德的殿下"了。说，否则我立刻叫你死。

**毕萨尼奥**　那么，殿下，我所知道的关于她的出走的经过，都在这封信上。（以信交克洛顿。）

**克洛顿**　让我看看。我要追上她去，不怕一直追到奥古斯特斯的御座之前。

**毕萨尼奥**　（旁白）要是不给他看这封信，我的性命难保。她已经去得很远了；他看了这信的结果，不过让他白白奔波了一趟，对于她是没有什么危险的。

**克洛顿**　哼！

**毕萨尼奥**　（旁白）我要写信去告诉我的主人，说她已经死了。伊摩琴啊！愿你一路平安，无恙归来！

**克洛顿**　狗才，这信是真的吗？

**毕萨尼奥** 殿下，我想是真的。

**克洛顿** 这是波塞摩斯的笔迹；我认识的。狗才，要是你愿意弃暗投明，不再做一个恶人，替我尽忠办事，我有什么重要的事情需要你帮忙的时候，无论叫你干些什么恶事，你都毫不迟疑地替我出力办好，我就会把你当作一个好人；你大爷有的是钱，你不会缺吃少穿的，升官进级，只消我一句话。

**毕萨尼奥** 呃，我的好殿下。

**克洛顿** 你愿意替我作事吗？你既然能够一心一意地追随那个穷鬼波塞摩斯的破落的命运，为了感恩的缘故，我想你一定会成为我的忠勤的仆人。你愿意替我作事吗？

**毕萨尼奥** 殿下，我愿意。

**克洛顿** 把你的手给我；这儿是我的钱袋。你手边有没有什么你那旧主人留下来的衣服？

**毕萨尼奥** 有的，殿下，在我的寓所里，就是他向我的女主人告别的时候所穿的那一套。

**克洛顿** 你替我做的第一件事，就是把那套衣服拿来。这是你的第一件工作，去吧。

**毕萨尼奥** 我就去拿来，殿下。（下。）

**克洛顿** 在密尔福德港相会！——我忘记问他一句话，等会儿一定记好了——就在那里，波塞摩斯，你这狗贼，我要杀死你。我希望这些衣服快些拿来。她有一次向我说过，——我现在想起了这句话的刻毒，就想从心里把它呕吐出来——她说在她看起来，波塞摩斯的一件衣服，都要比我这天生高贵的人物，以及我随身所有的一切美德，更值得

辛
白
林

69

她的爱重。我要穿着这一身衣服去奸污她；先当着她的眼前把他杀了，让她看看我的勇敢，那时她就会痛悔从前不该那样瞧不起我。他躺在地上，我的辱骂的话向他的尸体发泄完了，我刚才说过的，为了使她懊恼起见，我还要穿着这一身受过她这样赞美的衣服，在她的身上满足我的欲望，然后我就打呀踢呀地把她赶回宫里来。她把我侮辱得不亦乐乎，我也要快快活活地报复她一下。

　　　　毕萨尼奥持衣服重上。

**克洛顿**　那些就是他的衣服吗？

**毕萨尼奥**　是的，殿下。

**克洛顿**　她到密尔福德港去了多久了？

**毕萨尼奥**　她现在恐怕还没有到哩。

**克洛顿**　把这身衣服送到我的屋子里去，这是我吩咐你做的第二件事。第三件事是你必须对我的计划自愿保守秘密。只要尽忠竭力，总会有好处到你身上的。我现在要到密尔福德港复仇去；但愿我肩上生着翅膀，让我飞了过去！来，做一个忠心的仆人。（下。）

**毕萨尼奥**　你叫我抹杀我的良心，因为对你尽忠，我就要变成一个不忠的人；我的主人是一个正人君子，我怎么也不愿叛弃他的。到密尔福德去吧，愿你扑了一场空，找不到你所要追寻的人。上天的祝福啊，尽量灌注到她的身上吧！但愿这傻子一路上阻碍重重，让他枉自奔波，劳而无功！（下。）

# 第六场　威尔士。培拉律斯山洞前

*伊摩琴男装上。*

**伊摩琴**　我现在明白了做一个男人是很麻烦的；我已经精疲力尽，连续两夜把大地当作我的眠床；倘不是我的决心支持着我，我早就病倒了。密尔福德啊，当毕萨尼奥在山顶上把你指给我看的时候，你仿佛就在我的眼底。天哪！难道一个不幸的人，连一块安身之地都不能得到吗？我想他所到之处，就是地面也会从他的脚下逃走的。两个乞丐告诉我，我不会迷失我的路径；难道这些可怜的苦人儿，他们自己受着痛苦，明知这是上天对他们的惩罚和磨难，还会向人撒谎吗？是的，富人们也难得讲半句真话，怎么能怪他们？被锦衣玉食汨没了本性，是比因穷困而撒谎更坏的；国王们的诈欺，是比乞丐的假话更可鄙的。我的亲爱的夫啊！你也是一个欺心之辈。现在我一想到你，我的饥饿也忘了，可是就在片刻之前，我已经饿得快要站不起来了。咦！这是什么？这儿还有一条路通到洞口；它大概是野人的巢窟。我还是不要叫喊，我不敢叫喊；可是饥饿在没有使人完全失去知觉以前是会提起人的勇气的。升平富足的盛世徒然养成一批懦夫，困苦永远是坚强之母。喂！有人吗？要是里面住着文明的人类，回答我吧；假如是野人的话，我也要向他们夺取或是告借一些食物。喂！没有回答吗？那么我就进去。最好还是拔出我的剑；万一我的敌人也像我一样见了剑就害怕，他会瞧都不敢瞧它的。老天啊，但愿我

辛白林

所遇到的是这样一个敌人！（进入洞中。）

  *培拉律斯、吉德律斯及阿维拉古斯上。*

**培拉律斯** 你，波里多，已经证明是我们中间最好的猎人；你是我们餐席上的主人，凯德华尔跟我将要充一下厨役和侍仆，这是我们预先约定的；劳力的汗只是为了它所期望的目的而干涸。来，我们空虚的肚子将会使平常的食物变成可口；疲倦的旅人能够在坚硬的山石上沉沉酣睡，终日偃卧的懒汉却嫌绒毛的枕头太硬。愿平安降临于此，可怜的没有人照管的屋子！

**吉德律斯** 我乏得一点力气也没有了。

**阿维拉古斯** 我虽然因疲劳而乏力，胃口倒是非常之好。

**吉德律斯** 洞里有的是冷肉；让我们一面嚼着充饥，一面烹煮我们今天打来的野味吧。

**培拉律斯** （向洞中窥望）且慢；不要进去。倘不是他在吃着我们的东西，我一定会当他是个神仙。

**吉德律斯** 什么事，父亲？

**培拉律斯** 凭着朱庇特起誓，一个天使！要不然的话，也是一个人间绝世的美少年！瞧这样天神般的姿容，却还只是一个年轻的孩子！

  *伊摩琴重上。*

**伊摩琴** 好朋友们，不要伤害我。我在走进这里来以前，曾经叫喊过；我本来是想问你们讨一些或是买一些食物的。真的，我没有偷了什么，即使地上散满金子，我也不愿拾取。这儿是我吃了你们的肉的钱；我本来想在吃过以后，把它留在食桌上，再替这里的主人作过感谢的祷告，然后才出来的。

**吉德律斯** 钱吗，孩子？

**阿维拉古斯** 让一切金银化为尘土吧！只有崇拜污秽的邪神的人才会把它看重。

**伊摩琴** 我看你们在发怒了。假如你们因为我干了这样的错事而杀死我，你们要知道，我不这么干也早就不能活命啦。

**培拉律斯** 你要到什么地方去？

**伊摩琴** 到密尔福德港。

**培拉律斯** 你叫什么名字？

**伊摩琴** 我叫斐苔尔，老伯。我有一个亲戚，他要到意大利去；他在密尔福德上船；我现在就要到他那儿去，因为走了许多路，肚子饿得没有办法，才犯下了这样的错误。

**培拉律斯** 美貌的少年，请你不要把我们当作山野的伧夫。也不要凭着我们所住的这一个粗陋的居处，错估了我们善良的心性。欢迎！天快黑了；你应该养养你的精神，然后动身赶路。请就在这里住下来，陪我们一块儿吃些东西吧。孩子们，你们也欢迎欢迎他。

**吉德律斯** 假如你是一个女人，兄弟，我一定向你努力追求，非让我做你的新郎不可。说老实话，我要出最高的代价把你买到。

**阿维拉古斯** 我要因为他是个男子而感到快慰；我愿意爱他像我的兄弟一样。正像欢迎一个久别重逢的亲人，我欢迎你！快活起来吧，因为你是我们的朋友之一。

**伊摩琴** 朋友之一，也是兄弟之一。（旁白）但愿他们果然是我父亲的儿子，那么我的身价多少可以减轻一些，波塞摩斯啊，

辛白林

73

你我之间的鸿沟，也不至于这样悬隔了。

**培拉律斯** 他有些什么痛苦，在那儿愁眉不展呢？

**吉德律斯** 但愿我能够替他解除！

**阿维拉古斯** 我也但愿能够替他解除，不管他有些什么痛苦，不管那需要多少的劳力，冒多大的危险。神啊！

**培拉律斯** 听着，孩子们。（耳语。）

**伊摩琴** 高人隐士，他们潜居在并不比这洞窟更大的斗室之内，洁身自好，与世无争，保持他们纯洁的德性，把世俗的过眼荣华置之不顾，这样的人果然可敬，但是还不及这两个少年质朴得可爱。恕我，神啊！既然里奥那托斯这样薄情无义，我愿变为一个男子和他们作伴。

**培拉律斯** 就这样吧。孩子们，我们去把猎物烹煮起来。美貌的少年，进来。肚子饿着的时候，谈话是很乏力的；等我们吃过晚餐，我们就要详细询问你的身世，要是你愿意告诉我们的话。

**吉德律斯** 请过来吧。

**阿维拉古斯** 鸥枭对于黑夜，云雀对于清晨，也不及我们对你的欢迎。

**伊摩琴** 谢谢，大哥。

**阿维拉古斯** 请过来吧。（同下。）

# 第七场　罗马。广场

二元老及众护民官上。

**元老甲**　皇上有旨：本国平民方今正在讨伐巴诺尼亚人和达尔迈西亚人的叛乱，目前驻屯法兰西的军团，实力薄弱，不够膺惩贰心的不列颠人，所以传谕全国士绅，一体踊跃从征。他晋封路歇斯为执政长官；全权委任你们各位护民官负责立即征募兵员。凯撒万岁！

**护民官甲**　路歇斯是全军的主将吗？

**元老乙**　是的。

**护民官甲**　他现在还在法兰西吗？

**元老甲**　带领着我刚才所说的那几个军团，正在等候着你们征募的兵队前去补充。在你们的委任状上，写明了需要的兵额和他们开拔的限期。

**护民官甲**　我们一定履行我们的责任。（同下。）

辛
白
林

# 第四幕

## 第一场　威尔士。培拉律斯山洞附近

*森林克洛顿上。*

**克洛顿**　要是毕萨尼奥指示我的方向没有错误，那么这儿离开他们约会的地点应该不远了。他的衣服我穿着多么合身！既然穿得上他的衣服，为什么配不上他的爱人呢？她不是跟他的裁缝一样，都是上帝造下的生物吗？据说，女人究竟能不能配上，全得看她一时的冲动——对不起，我说得过分露骨了。反正我必须使尽我的伎俩才是。我敢老实对自己说一句话——因为一个人在自己房间里照照镜子是算不得虚荣的——我的意思是说，我的全身的线条正像他一样秀美；同样的年轻，讲身体我比他结实，讲命运我不比他坏，讲眼前的地位他不及我，讲出身他没有我高贵；我们同样通晓一般的庶务，可是在单人决斗的时候，我比他更了不起；然而这个不识好歹的丫头偏偏丢下了我去爱他！人类真是莫名其妙的东西！波塞摩斯，你的头现在还长在你的肩膀上，一小时之内，它就要掉下来了；你的爱人要被我强奸，你的衣服要当着她的面前撕成碎片；等到这一切都干完以后，我要把她踢回家去见她的父亲，她的父亲见我用这种粗暴的手段对待他的女儿，也许会有点儿生气，可是我的母亲是能够控制他的脾气的，到后来还是我得到一切的赞美。我的马儿已经拴好；出来，宝剑，去饮仇人的血吧！命运之神啊，愿你让他们落在我的手里！这儿正是他所描写的他们约会的地点；那家伙想来不敢骗我。（下。）

# 第二场　　培拉律斯山洞之前

　　　　　培拉律斯、吉德律斯、阿维拉古斯及伊摩琴自洞中上。

**培拉律斯**　（向伊摩琴）你身子不大舒服，还是留在洞里；我们打完了猎就来看你。

**阿维拉古斯**　（向伊摩琴）兄弟，安心住着吧；我们不是兄弟吗？

**伊摩琴**　人们本来应该像兄弟一般彼此亲爱；可是黏土也有贵贱的区分，虽然它们本身都是同样的泥块。我病得很难过。

**吉德律斯**　你们去打猎吧；我来陪他。

**伊摩琴**　我没有什么大病，就是有点儿不舒服；可是我还不像那些娇生惯养的公子哥儿一般，没有病就装出一副快要死了

辛白林

的神气。所以请你们让我一个人留着吧；不要放弃你们每日的工作；破坏习惯就是破坏一切。我虽然有病，你们陪着我也于事无补；对于一个耽好孤寂的人，伴侣并不是一种安慰。我的病不算厉害，因为我还能对它大发议论。请你们信任我，让我留在这儿吧；除了我自己以外，我是什么也不会偷窃，我只希望一个人偷偷地死去。

**吉德律斯**　我爱你；我已经说过了；我对你的爱的分量，正像我爱我的父亲一样。

**培拉律斯**　咦！怎么！怎么！

**阿维拉古斯**　要是说这样的话是罪恶，父亲，那么这不单是我哥哥一人的过失。我不知道我为什么爱这个少年；我曾经听见您说，爱的理由是没有理由的。假如枢车停在门口，有人问我应该让谁先死，我会说，"让我的父亲死，让这少年活着吧。"

**培拉律斯**　（旁白）啊，高贵的气质！优越的天赋！伟大的胚胎！懦怯的父亲只会生懦怯的儿子，卑贱的事物出于卑贱。有谷实也就有糠麸，有猥琐的小人，也就有倜傥的豪杰。我不是他们的父亲；可是这少年不知究竟是什么人，却会造成这样的奇迹，使他们爱他胜于爱我。现在是早上九点钟了。

**阿维拉古斯**　兄弟，再会！

**伊摩琴**　愿你们满载而归！

**阿维拉古斯**　愿你恢复健康！请吧，父亲。

**伊摩琴**　（旁白）这些都是很善良的人。神啊，我听到一些怎样的谎话！我们宫廷里的人说，在宫廷以外，一切都是野蛮

的；经验啊，你证实传闻的虚伪了。庄严的大海产生蛟龙
和鲸鲵，清浅的小河里只有一些供鼎俎的美味的鱼虾。我
还是觉得不舒服，心里一阵阵地难过。毕萨尼奥，我现在
要尝试一下你的灵药了。（吞药。）

**吉德律斯**　我不能鼓起他的精神来。他说他是良家之子，遭逢不
　　　　幸，忠实待人，却受到人家的欺骗。

**阿维拉古斯**　他也是这样回答我；可是他说以后我也许可以多知
　　　　道一些。

**培拉律斯**　到猎场上去，到猎场上去！（向伊摩琴）我们暂时离
　　　　开你一会儿；进去安息安息吧。

**阿维拉古斯**　我们不会去得很久的。

**培拉律斯**　请你不要害病，因为你必须做我们的管家妇。

**伊摩琴**　不论有病无病，我永远感念你们的好意。（下。）

**培拉律斯**　这孩子虽然在困苦之中，看来他是有很好的祖先的。

**阿维拉古斯**　他唱得多么像个天使！

**吉德律斯**　可是他的烹饪的手段多么精巧！他把菜根切得整整齐
　　　　齐；他调煮我们的羹汤，就像天后朱诺害病的时候曾经侍
　　　　候过她的饮食一样。

**阿维拉古斯**　他用非常高雅的姿态，把一声叹息配合着一个微
　　　　笑：那叹息似乎在表示自恨它不能成为这样一个微笑，那
　　　　微笑却在讥讽那叹息，怪它从这样神圣的殿堂里飞了出来，
　　　　去同那水手们所詈骂的风儿混杂在一起。

**吉德律斯**　我注意到悲哀和忍耐在他的心头长着根，彼此互相
　　　　纠结。

**阿维拉古斯**　长大起来，忍耐！让那老朽的悲哀在你那繁盛的藤

辛白林

79

蔓之下解开它的枯萎的败根吧！

**培拉律斯** 已经是大白天了。来，我们走吧！——那儿是谁？

　　　　克洛顿上。

**克洛顿** 我找不到那亡命之徒；那狗才骗了我。我好疲乏！

**培拉律斯** "那亡命之徒"！他说的是不是我们？我有点儿认识他；这是克洛顿，王后的儿子。我怕有什么埋伏。我好多年没有看见他了，可是我认识他这个人。人家把我们当作匪徒，我们还是避开一下吧。

**吉德律斯** 他只有一个人。您跟我的弟弟去看看有没有什么人走过来；你们去吧，让我独自对付他。（培拉律斯、阿维拉古斯同下。）

**克洛顿** 且慢！你们是些什么人，见了我就这样转身逃走？是啸聚山林的匪徒吗？我曾经听见说起过你们这种家伙。你是个什么奴才？

**吉德律斯** 人家骂我奴才，我要是不把他的嘴巴打歪，那我才是个不中用的奴才。

**克洛顿** 你是个强盗，破坏法律的匪徒。赶快投降，贼子！

**吉德律斯** 向谁投降？向你吗？你是什么人？我的臂膀不及你的粗吗？我的胆量不及你的壮吗？我承认我不像你这样爱说大话，因为我并不把我的刀子藏在我的嘴里。说，你是什么人，为什么要我向你投降？

**克洛顿** 你这下贱的贼奴，你不能从我的衣服上认识我吗？

**吉德律斯** 不，恶棍，我又不认识你的裁缝；他是你的祖父，替你做下了这身衣服，让你穿了像一个人的样子。

**克洛顿** 好一个利嘴的奴才，我的裁缝并没有替我做下这身衣服。

**吉德律斯** 好，那么谢谢那舍给你穿的施主吧。你是个傻瓜；打你也嫌污了我的手。

**克洛顿** 你这出口伤人的贼子，你只要一听我的名字，你就发起抖来了。

**吉德律斯** 你叫什么名字？

**克洛顿** 克洛顿，你这恶贼。

**吉德律斯** 你这恶透了的恶贼，原来你的名字就叫克洛顿，那可不能使我发抖；假如你叫蛤蟆、毒蛇、蜘蛛，那我倒也许还有几分害怕。

**克洛顿** 让我叫你听了格外害怕，嘿，我要叫你吓得发呆，告诉你吧，我就是当今王后的儿子。

**吉德律斯** 我很失望，你的样子不像你的出身那么高贵。

**克洛顿** 你不怕吗？

**吉德律斯** 我只怕那些我所尊敬的聪明人；对于傻瓜们我只有一笑置之，不知道他们有什么可怕。

**克洛顿** 过来领死。等我亲手杀死了你以后，我还要追上刚才逃走的那两个家伙，把你们的首级悬挂在国门之上。投降吧，粗野的山贼！（且斗且下。）

培拉律斯及阿维拉古斯重上。

**培拉律斯** 不见有什么人。

**阿维拉古斯** 一个人也没有。您准是认错人啦。

**培拉律斯** 那我可不敢说；可是我已经好久没看见他了，岁月还没有模糊了他当年脸上的轮廓；那断续的音调，那冲口而出的言语，都正像是他。我相信这人一定就是克洛顿。

**阿维拉古斯** 我们是在这地方离开他们的。我希望哥哥给他一顿

辛白林

好好的教训；您说他是非常凶恶的。

**培拉律斯**　我说，他还没有像一个人，什么恐惧他都一点儿不知道；因为一个浑浑噩噩的家伙，往往胆大妄为，毫无忌惮。可是瞧，你的哥哥。

*吉德律斯提克洛顿首级重上。*

**吉德律斯**　这克洛顿是个傻瓜，一只空空的钱袋。即使赫剌克勒斯也砸不出他的脑子来，因为他根本是没有脑子的。可是我要是不干这样的事，我的头也要给这傻瓜拿下来，正像我现在提着他的头一样了。

**培拉律斯**　你干了什么事啦？

**吉德律斯**　我明白我自己所干的事：我不过砍下了一个克洛顿的头颅，据他自己所说，他是王后的儿子；他骂我反贼、山林里的匪徒，发誓要凭着他单人独臂的力量，把我们一网捕获，还要从我们的脖子上——感谢天神！——搬下我们的头颅，把它们悬挂在国门上示众。

**培拉律斯**　我们全完了。

**吉德律斯**　嗳哟，好爸爸，我们除了他所发誓要取去的我们的生命以外，还有什么可以失去的？法律并不保护我们；那么我们为什么向人示弱，让一个妄自尊大的家伙威吓我们，因为我们害怕法律，他就居然做起我们的法官和刽子手来？你们在路上看见有什么人来吗？

**培拉律斯**　我们一个人也没看见；可是我们有充分的理由相信他一定是带着随从来的。他的脾气固然是轻浮善变，往往从一件坏事摇身一转，就转到一件更大的坏事；可是除非全然发了疯，他决不会一个人到这儿来。虽然宫廷里也许听到这样的消息，说是有我们这样的人在这儿穴居行猎，都是一些化外的匪徒，也许渐渐有扩展势力的危险；他听见了这样的话，正像他平日的为人一样，就自告奋勇，发誓要把我们捉住，然而他未必就会独自前来，他自己固然没有这样的胆量，他们也不会这样答应他。所以我们要是害怕他的身体上有一条比他的头更危险的尾巴，也不是没有根据的。

**阿维拉古斯**　让一切依照着天神的旨意吧；可是我的哥哥干得不错。

**培拉律斯**　今天我没有心思打猎；斐苔尔那孩子的病，使我觉得仿佛道路格外漫长似的。

**吉德律斯**　他挥舞他的剑，对准我的咽喉刺了过来，我一伸手就把它夺下，用他自己的剑割下了他的头颅。我要把它丢在我们山崖后面的溪涧里，让溪水把它冲到海里，告诉鱼儿他是王后的儿子克洛顿。别的我什么都不管。（下。）

**培拉律斯**　我怕他们会来报复。波里多，你要是不干这件事多好！虽然你的勇敢对于你是十分相称的。

**阿维拉古斯**　但愿我干下这样的事，让他们向我一个人报复！波里多，我用兄弟的至情爱着你，可是我很妒嫉你夺去了我这样一个机会。我希望复仇的人马会来找到我们，让我们尽我们所有的力气，跟他们较量一下。

**培拉律斯**　好，事情已经这样干下了。我们今天不用再打猎，也不必去追寻无益的危险。你先回到山洞里去，和斐苔尔两人把食物烹煮起来；我在这儿等候卤莽的波里多回来，就同他来吃饭。

辛白林

**阿维拉古斯**　可怜的有病的斐苔尔！我巴不得立刻就去看他；为了增加他的血色，我愿意放尽千百个像克洛顿这样家伙的血，还要称赞自己的心肠慈善哩。（下。）

**培拉律斯**　神圣的造化女神啊！你在这两个王子的身上多么神奇地表现了你自己！他们是像微风一般温柔，在紫罗兰花下轻轻拂过，不敢惊动那芬芳的花瓣；可是他们高贵的血液受到激怒以后，就会像最粗暴的狂风一般凶猛，他们的威力可以拔起岭上的松柏，使它向山谷弯腰。奇怪的是一种无形的本能居然会在他们身上构成不学而得的尊严，不教而具的正直，他们的文雅不是范法他人，他们的勇敢苗长在他们他们自己的心中，就像不曾下过耕耘的功夫，却得到了丰盛的收获一般！可是我总想不透克洛顿到这儿来对于我们究竟预兆着什么，也不知道他的一死将会引起怎样的后果。

　　　　　吉德律斯重上。

**吉德律斯**　我的弟弟呢？我已经把克洛顿的骷髅丢下水里，叫他向他的母亲传话去了；他的身体暂时留下，作为抵押，等他回来向我们复命。（内奏哀乐。）

**培拉律斯**　我的心爱的乐器！听！波里多，它在响着呢；可是凯德华尔现在为什么要把它弹奏起来？听！

**吉德律斯**　他在家里吗？

**培拉律斯**　他在家里。

**吉德律斯**　他是什么意思？自从我的最亲爱的母亲死了以后，它还不曾发过一声响。一切严肃的事物，是应该适用于严肃的情境之下的。怎么一回事？无事而狂欢，和为了打碎玩物而痛哭，这是猴子的喜乐和小儿的悲哀。凯德华尔疯了吗？

*阿维拉古斯抱伊摩琴重上，伊摩琴状如已死。*

**培拉律斯**　瞧！他来了，他手里抱着的，正是我们刚才责怪他无事兴哀的原因。

**阿维拉古斯**　我们千般怜惜万般珍爱的鸟儿已经死了。早知会看见这种惨事，我宁愿从二八的韶年跳到花甲的颓龄，从一个嬉笑跳跃的顽童变成一个扶杖蹒跚的老翁。

**吉德律斯**　啊，最芬芳、最娇美的百合花！我的弟弟替你簪在襟上的这一朵，远不及你自己长得那么一半秀丽。

**培拉律斯**　悲哀啊！谁能测度你的底层呢？谁知道哪一处海港是最适合于你的滞重的船只碇泊的所在？你有福的人儿！乔武知道你会长成一个怎样的男子；可是你现在死了，我只知道你是一个充满着忧郁的人间绝世的少年。你怎样发现他的？

**阿维拉古斯**　我发现他全身僵硬，就像你们现在所看见的一样。他的脸上荡漾着微笑，仿佛他没有受到死神的箭镞，只是有一个苍蝇在他的熟睡之中爬上他的唇边，痒得他笑了起来一般。他的右颊偎贴在一个坐垫上面。

**吉德律斯**　在什么地方？

**阿维拉古斯**　就在地上，他的两臂这样交叉在胸前。我还以为他睡了，把我的钉鞋脱了下来，恐怕我的粗笨的脚步声会吵醒了他。

**吉德律斯**　啊，他不过是睡着了。要是他真的死了，他将要把他的坟墓作为他的眠床；仙女们将要在他的墓前徘徊，蛆虫

辛白林

不会侵犯他的身体。

**阿维拉古斯** 当夏天尚未消逝、我还没有远去的时候，斐苔尔，我要用最美丽的鲜花装饰你的凄凉的坟墓；你不会缺少像你面庞一样惨白的樱草花，也不会缺少像你血管一样蔚蓝的风信子，不，你也不会缺少野蔷薇的花瓣——不是对它侮蔑，它的香气还不及你的呼吸芬芳呢；红胸的知更鸟将会衔着这些花朵送到你的墓前，羞死那些承继了巨大的遗产、忘记为他们的先人树立墓碑的不孝的子孙；是的，当百花凋谢的时候，我还要用茸茸的苍苔，掩覆你的寒冷的尸体。

**吉德律斯** 好了好了，不要一味讲这种女孩子气的话，耽误我们的正事了。让我们停止了嗟叹，赶快把他安葬，这也是我们应尽的一种义务。到墓地上去！

**阿维拉古斯** 说，我们应该把他葬在什么地方？

**吉德律斯** 就在我们母亲的一旁吧。

**阿维拉古斯** 很好。波里多，虽然我们的喉咙现在已经变了声，让我们用歌唱送他入土，就像当年我们的母亲下葬的时候一样吧；我们可以用同样的曲调和字句，只要把尤莉菲尔的名字换了斐苔尔就得啦。

**吉德律斯** 凯德华尔，我不能唱歌；让我一边流泪，一边和着你朗诵我们的挽歌；因为不合调的悲歌，是比说谎的教士和僧侣更可憎的。

**阿维拉古斯** 那么就让我们朗诵吧。

**培拉律斯** 看来重大的悲哀是会解除轻微的不幸的，因为你们把克洛顿全然忘记了。孩子们，他曾经是一个王后的儿子，虽然他来向我们挑衅，记着他已经付下他的代价；虽然贵贱一体，同归朽腐，可是为了礼貌的关系，我们应该对他的身分和地位表示相当的敬意。我们的敌人总算是一个王子，虽然你因为他是我们的敌人而把他杀死，可是让我们按照一个王子的身分把他埋葬了吧。

**吉德律斯**　那么就请您去把他的尸体搬来。贵人也好，贱人也好，死了以后，剩下的反正都是一副同样的臭皮囊。

**阿维拉古斯**　要是您愿意去的话，我们就趁着这时候朗诵我们的歌儿。哥哥，你先来。（培拉律斯下。）

**吉德律斯**　不，凯德华尔，我们必须把他的头安在东方；这是我父亲的意思，他有他的理由。

**阿维拉古斯**　不错。

**吉德律斯**　那么来，把他放下去。

**阿维拉古斯**　好，开始吧。

### 歌

**吉德律斯**

> 不用再怕骄阳晒蒸，
>
> 不用再怕寒风凛冽；
>
> 世间工作你已完成，
>
> 领了工资回家安息。
>
> 才子娇娃同归泉壤，
>
> 正像扫烟囱人一样。

**阿维拉古斯**

> 不用再怕贵人嗔怒，
>
> 你已超脱暴君威力；

辛白林

87

无须再为衣食忧虑，

芦苇橡树了无区别。

健儿身手，学士心灵，

帝王蝼蚁同化埃尘。

**吉德律斯**

不用再怕闪电光亮，

**阿维拉古斯**

不用再怕雷霆暴作；

**吉德律斯**

何须畏惧谗人诽谤，

**阿维拉古斯**

你已阅尽世间忧乐。

**吉德律斯、阿维拉古斯**

无限尘寰痴男怨女，

人天一别，埋愁黄土。

**吉德律斯**

没有巫师把你惊动！

**阿维拉古斯**

没有符咒扰你魂魄！

**吉德律斯**

野鬼游魂远离坟冢！

**阿维拉古斯**

狐兔不来侵你骸骨！

**吉德律斯、阿维拉古斯**

瞑目安眠，归于寂灭；

墓草长新，永留追忆！

培拉律斯曳克洛顿尸体重上。

**吉德律斯**　我们已经完毕我们的葬礼。来，把他放下去。

**培拉律斯**　这儿略有几朵花，可是在午夜的时候，将有更多的花
儿开放。沾濡着晚间凉露的草花，是最适宜于撒在坟墓上
的；在它们的泪颜之间，你们就像两朵雕零的花卉，暗示
着它们同样的命运。来，我们走吧；让我们向他们长跪辞
别。大地产生了他们，现在他们已经重新投入大地的怀
抱；他们的快乐和痛苦都已成为过去了。（培拉律斯、吉德
律斯、阿维拉古斯同下。）

**伊摩琴**　（醒）是的，先生，到密尔福德港是怎么走的？谢谢您
啦。打那边的林子里过去吗？请问还有多少路？嗳哟！还
有六哩吗？我已经走了整整一夜了。真的，我要躺下来睡
一会儿。（见克洛顿尸）可是且慢！我可不要眼人家睡在一
起！天上的男女神明啊！这些花就像是人世的欢乐，这个
流血的汉子是忧愁烦恼的象征。我希望我在做梦；因为我
仿佛自己是一个看守山洞的人，替一些诚实的人们烹煮食
物。可是不会有这样的事，这不过是脑筋里虚构出来的无
中生有的幻象；我们的眼睛有时也像我们的判断一般靠不
住。真的，我还在害怕得发抖。要是上天还剩留着仅仅像
麻雀眼睛一般大小的一点点儿的慈悲，敬畏的神明啊，求
你们赐给我一部分吧！这梦仍然在这儿；虽然在我醒来的
时候，它还围绕在我的周遭，盘踞在我的心头；并不是想
像，却是有实感的。一个没有头的男子！波塞摩斯的衣
服！我知道他的两腿的肥瘦，这是他的手，他的麦鸠利一

辛白林

89

般敏捷的脚，他的马斯一般威武的股肉，赫剌克勒斯一般雄壮的筋骨，可是他的乔武一般神圣的脸呢？天上也有谋杀案了吗？怎么！他的头已被砍去了！毕萨尼奥，愿疯狂的赫卡柏向希腊人所发的一切咒诅，再加上我自己的咒诅，完全投射在你身上！是你和那个目无法纪的恶魔克洛顿同谋设计，在这儿伤害了我丈夫的生命。从此以后，让读书和写字都被认为不可恕的罪恶吧！万恶的毕萨尼奥已经用他假造的书信，从这一艘全世界最雄伟的船舶上击倒它的主要的桅樯了！啊，波塞摩斯！唉！你的头呢？它到哪儿去了？嗳哟！它到哪儿去了？毕萨尼奥可以从你的心口把你刺死，让你保留着这颗头的。你怎么会下这样的毒手呢，毕萨尼奥？那是他和克洛顿，他们的恶意和贪心，造成了这样的惨剧。啊！这是很可能的，很可能的！他给我的药，他说是可以兴奋我的精神的，我不是一服下去就失了知觉吗？那完全证实了我的推测；这是毕萨尼奥和克洛顿两人干下的事。啊！让我用你的血涂在我惨白的颊上，使它添加一些颜色，万一有什么人看见我们，我们可以显得格外可怕。啊！我的夫！我的夫！（仆于尸体之上。）

　　　　路歇斯、一将领、其他军官及一预言者上。

**将领**　驻在法兰西的军队已经遵照您的命令，渡海前来，到了密尔福德港，听候您的指挥；他们一切都已准备好了。

**路歇斯**　可是罗马有援兵到来没有？

**将领**　元老院已经发动了意大利全国的绅士，他们都是很勇敢的人，一定可以建立赫赫的功勋；他们的首领是勇敢的阿埃基摩，西也那的兄弟。

**路歇斯**  你知道他们什么时候可以到来？

**将领**  只要有顺风，他们随时可以到来。

**路歇斯**  这样敏捷的行动，加强了我们必胜的希望。传令各将领，把我们目前所有的队伍集合起来。现在，先生，告诉我你近来有没有什么关于这一次战事前途的梦兆？

**预言者**  我曾经斋戒祈祷，求神明垂告吉凶，昨晚果然蒙他们赐给我一个梦兆：我看见乔武的鸟儿，那只罗马的神鹰，从潮湿的南方飞向西方，消失在阳光之中；要是我的罪恶没有使我的推测成为错误，那么这分明预示着罗马大军的胜利。

**路歇斯**  梦兆是从来不会骗人的。且慢，呀！哪儿来的这一个没有头的身体？从这一堆残迹上看起来，它过去曾经是一座壮丽的屋宇。怎么！一个童儿！还是死了？还是睡着在这尸体的上面？多半是死了，因为和死人同眠，毕竟是一件不近人情的事。让我们瞧瞧这孩子的面孔。

**将领**  他还活着哩，主帅。

**路歇斯**  那么他必须向我们解释这尸体的来历。孩子，告诉我们你的身世，因为它好像在切望着人家的究诘。被你枕卧在他的血泊之中的这一个尸体是什么人？造化塑下了那么一个美好的形象，他却把它毁坏得这般难看。你和这不幸的死者有什么关系？他怎么会在这儿？究竟是什么人？你是一个何等之人？

**伊摩琴**  我是一个不足挂齿的人物；要是世上没有我这个人，那才更好。这是我的主人，一个非常勇敢而善良的英国人，被山贼们杀死在这儿。唉！再也不会有这样的主人了！我

辛白林

可以从东方漂泊到西方，高声叫喊，招寻一个愿意我为他服役的人；我可以更换许多主人，也许他们全都是很好的，我也为他们尽忠做事；可是这样一个主人却再也找不到了。

**路歇斯** 唉，好孩子！你的哀诉打动我的心，不下于你的流血的主人。告诉我他的名字，好朋友。

**伊摩琴** 理查·杜襄。（旁白）我捏造了一句无害的谎话，虽然为神明所听见，我希望他们会原谅我的。——您说什么，大帅？

**路歇斯** 你的名字呢？

**伊摩琴** 斐苔尔，大帅。

**路歇斯** 这是一个很好的名字。你已经证明你自己是一个忠心的孩子，愿意在我手下试一试你的机会吗？我不愿说你将要得到一个同样好的主人，可是我担保你一定可以享受同样的爱宠。即使罗马皇帝亲自写了保荐的信，叫一个执政送来给我，这样天大的面子，也不及你本身的价值更能促起我的注意。跟我去吧。

**伊摩琴** 我愿意跟随您，大帅。可是我还先要用这柄不中用的锄头，要是天神嘉许的话，替我的主人掘一个坑掩埋了，免得他受飞蝇的滋扰；当我把木叶和野草撒在他的坟上，反复默念了一二百遍祈祷以后，我要悲泣长叹，尽我这一点最后的主仆之情，然后我就死心塌地跟随您去，要是您愿意收容我的话。

**路歇斯** 嗯，好孩子，我将要不仅是你的主人，而且还要做你的父亲。朋友们，这孩子已经指出了我们男子汉的责任；让我们找一块雏菊开得最可爱的土地，用我们的戈矛替他掘一个坟墓；来，我们还要替他披上戎装。孩子，他是因为你的缘故而得到我们的优礼的，我们将要按照军人的仪式把他安葬。高兴起来；揩干你的眼睛：说不定一跤会使你跌入青云。（同下。）

# 第三场　辛白林宫中一室

辛白林、群臣、毕萨尼奥及侍从等上。

**辛白林**　再去替我问问她现在怎样了。（一侍从下）因为她的儿子的失踪，急成一病，疯疯癫癫的，恐怕性命不保。天哪！你在一时之间给了我多少难堪的痛楚！伊摩琴走了，我已经失去大部分的安慰；我的王后病在垂危，偏偏又碰在战祸临头的时候；她的儿子又是迟不迟早不早的，在这人家万分需要他的当儿突然不知去向；这一切打击着我，把我驱到了绝望的境地。可是你，家伙，你不会不知道她的出走，却装出这一副漠无所知的神气，我要用严刑逼着你招供出来。

**毕萨尼奥**　陛下，我的生命是属于您的，该杀该剐，都随陛下的便；可是说到公主，我实在不知道她在什么地方，为什么出走，也不知道她准备什么时候回来。求陛下明鉴，我是您的忠实的奴仆。

**臣甲**　陛下，公主失踪的那一天，他是在这儿的；我敢保证他的忠实，相信他一定会尽心竭力，履行他的臣仆的责任。至于克洛顿，我们已经派人各处加紧搜寻去了，不久一定会找到的。

**辛白林**　这真是多事之秋。（向毕萨尼奥）我暂时放过你，可是我对你的怀疑还不能就此消失。

**臣甲**　启禀陛下，从法兰西抽调的罗马军队，还有一批由他们元老院派遣的绅士军作为后援，已经在我国海岸上登陆了。

**辛白林**　但愿我的儿子和王后在我跟前，我可以跟他们商量商量！这些事情简直把我搅糊涂了。

**臣甲**　陛下，您已经准备好的实力，对付这样数目的敌人是绰绰有余的；即使来得再多一些，我们也可以抵挡得了；只要一声令下，这些渴望着一显身手的军队立刻就可以行动起来。

**辛白林**　我谢谢你的良言。让我们退下去筹谋应付时局的方策。我所担心的，倒不是意大利将会给我们一些怎样的烦恼，而是这儿国内不知道会发生一些怎样的变故。去吧！（除毕萨尼奥外均下。）

**毕萨尼奥**　自从我写信告诉我的主人伊摩琴已经被我杀死以后，至今没有得到他的来信，这真有点儿奇怪；我的女主人答应时常跟我通讯，可是我也没有听到过她的消息；克洛顿的下落如何，更是一点也不知道，一切对于我都是一个疑团，上天的意旨永远是不可捉摸的。我的欺诈正是我的忠诚，为了尽忠的缘故，我才撒下漫天的大谎。当前的战争将会证明我爱我的国家，我要使王上明白我的赤心，否则宁愿死在敌人的剑下。种种的疑惑到头来总会发现真相；失舵的船只有时也会安然抵港。（下。）

# 第四场　威尔士。培拉律斯山洞前

培拉律斯、吉德律斯及阿维拉古斯同上。

**吉德律斯**　这些喧呼的声音就在我们的四周。

**培拉律斯**　让我们远远避开它。

**阿维拉古斯**　父亲，我们要是屏绝行动和进取的雄心，把生命这样幽锢起来，人生还有什么乐趣呢？

**吉德律斯**　对啊，我们让自己躲藏在山谷里，这一辈子还有什么希望？罗马人一定会从这条路上来的，他们倘不因为我们是英国人而杀死我们，就是把我们当作一群野蛮无耻的叛徒，暂时把我们收留下来，等到用不着我们的时候，再把我们杀死。

**培拉律斯**　孩子们，让我们到山上高一点儿的地方去，那里比较安全一些。国王的军队我们是不能参加的；克洛顿死得不久，他们看我们都是一些面貌生疏的人，又不曾编入队伍，也许会查问我们的住处，万一我们所干的事被他们追究出来，那我们免不了要在严刑拷打之下死于非命。

**吉德律斯**　父亲，在这样的时候担起这种心事来，您也太没有男子气了；听了您这样的话，我们是大不满意的。

**阿维拉古斯**　他们听见敌人军马的长嘶，望见敌人营舍的火光，他们的耳目都凝集在敌人的行动上；在这样军情万急的时候，他们还会浪费他们的时间注意我们，查问我们的来历吗？

**培拉律斯**　啊！军队里有好多人认识我；就说克洛顿吧，当初他

辛
白
林

95

还不过是个孩子，可是多年的睽隔，并没有使我忘记了他的面貌。而且这国王也不值得我的效力和你们的爱戴；因为我被他放逐了，你们才不能享受良好的教养，不得不到这儿来度着艰苦的生活，永远剥夺了你们孩提时代的幸福，夏天被太阳晒成黑娃娃，冬天冷得躲在角落里发抖。

**吉德律斯**　与其这样活着，还是死了的好。求求您，父亲，让我们到军队里去吧。谁也不认识我们兄弟两人；您自己早已被人忘了，您的模样也早已跟二十年前的您大不相同，人家决不会来向您寻根究底的。

**阿维拉古斯**　凭着这一轮光明的太阳发誓，我一定要去。这还成什么话，不曾看见一个人在我的面前死去！除了胆小的野兔、性急的山羊和柔弱的麋鹿以外，简直不曾见过一滴血！也不曾装上靴距，正式地骑过一回马儿！望着神圣的太阳，我就觉得心中惭愧，徒然沐浴他的温暖的光辉，却不能轰轰烈烈地干一番事业，老是在山野之间做一个碌碌无名之辈。

**吉德律斯**　苍天在上，我也要去！父亲，要是您允许我，愿意为我祝福的话，我一定自己格外小心；不然的话，让我死在罗马人的手里吧。

**阿维拉古斯**　我也是这样说，阿门。

**培拉律斯**　既然你们把自己的生命看得这样轻，我也没有理由爱惜我这衰朽的身躯。我跟你们去吧，孩子们！万一你们为了祖国而战死疆场，那也就是我埋骨的地方。你们带路吧。（旁白）时间仿佛是这样悠长；他们的热血在心头奔涌，要向人显示他们是天生的王子。（同下。）

# 第五幕

## 第一场　英国。罗马军营地

波塞摩斯持血帕上。

**波塞摩斯**　是的，血污的布片，我要把你保藏起来，因为是我的意思让你染上这种颜色。已婚的男子们啊，要是你们每一个人都采取这样的手段，那么多少人将要杀害了远比他们自己无罪的妻子，只因为她们一时小小的失足！啊，毕萨尼奥！良好的仆人并不全然服从主人的命令；那命令如其是荒谬狂悖的，他就没有履行的义务。神啊！要是你们早一些谴罚我的罪恶，我决不会活到现在，干下这样的行为；尊贵的伊摩琴也可以不至于惨死，让她有忏悔的机会；只有我这恶人才应该受你们雷霆的怒击。可是唉！有的人犯了小小的过失，你们就把他攫了去，这是你们的好

辛
白
林

意，使他以后不再堕落；有的人你们却放任他为非作恶，每一次的罪过比前一次更重，使他对自己的行为都怀着恐惧。可是伊摩琴是你们的，照你们的意旨执行，让我服从你们而得福吧。我跟着意大利的绅士们到这儿来，向我的妻子的国家作战；不列颠，我已经杀死你最好的女郎，再不愿伤害你了！仁慈的上天啊，垂听我的意见：我要脱下这些意大利的装束，穿上一身英国农民的衣服；我要掉转剑头，为我的祖国而战；伊摩琴啊！我要为你而死，虽然你已经使我的生命的每一次呼吸等于一次死亡；我要像这样隐藏我的真相，没有人怜悯，也没有人憎恨，拚着这一身去迎受一切的危险。让我使人们知道，在我这卑贱的服装之内，是藏着极大的勇敢的。神啊！求你们把里奥那托斯家先世的神威注入我的全身！为了羞辱世间的伪装，我要自创先例，让内心的真价胜过外表的寒伧。（下。）

# 第二场　两军营地间的战场

　　路歇斯、阿埃基摩及罗马军队自一门上；英国军队自另一门上，波塞摩斯穿敝服扮穷兵随上。两军整队穿过舞台，各下。号角声。阿埃基摩及波塞摩斯二人重上，接战；波塞摩斯击败阿埃基摩，褫其武装；波塞摩斯下。

**阿埃基摩**　重压在我胸头的罪恶剥夺了我的勇气；我曾经冤诬一位女郎，这国里的公主，好像这儿的空气也在向我复仇一般，使我软弱无力，否则我这久列行间的战士，怎么会失败在这村野伧奴的手里？像我这般骑士的头衔，官家的封典，不过是一些供人讥笑的虚名。不列颠啊，要是你那些绅士们胜过这一个村汉，正像他胜过我们的贵族一样，那么你们都是天神，我们简直不能算是人了。（下。）

　　　　战争继续；英军败走；辛白林被捕；培拉律斯、吉德律斯及阿维拉古斯上，救辛白林。

**培拉律斯**　站住，站住！我们占着优势的地位。港口已经把守好了；除了我们自己懦怯的恐惧以外，谁也不能打败我们。

**吉德律斯、阿维拉克斯**　站住，站住，努力作战！

　　　　波塞摩斯重上，助英军作战，协同培拉律斯等将辛白林救出，同下。路歇斯、阿埃基摩及伊摩琴重上。

**路歇斯**　去，孩子，赶快离开军队，保全你自己的生命吧；战争是盲目的，在这样混乱的状态中，自己人也会自相残杀的。

**阿埃基摩**　这是他们新到的援军。

**路歇斯**　今天的战局会有这样变化，真是意想不到。我们倘不赶快增援，只有走为上着。（同下。）


# 第三场　战场另一部分

　　　　波塞摩斯及一英国贵族上。

**贵族**　你是从力行抵抗的那一边来的吗？

**波塞摩斯**　是的；您是从逃走的那一边来的吧？

**贵族**　是的。

**波塞摩斯**　这也怪不得您，先生；倘不是上天帮助我们打仗，一

辛
白
林

切全完了。王上自己失去了两翼的卫护，军队五分四散，只看见不列颠人的背部，大家向一条羊肠小径里奔逃。勇气百倍的敌人忙不及地逢人便杀，只恨少生了两只手，杀不完这许多，累得他们气喘吁吁，把舌头都吐了出来；有的给他们当场砍死，有的略受微伤，有的吓得倒在地上爬不起来；弄得这一条狭窄的路上填满了背后受伤的死人和苟延蚁命的丢脸的懦夫。

**贵族**　这条小路在什么地方？

**波塞摩斯**　就在战场的附近，两旁掘着濠沟，筑着泥墙；那时候有一个老军人，我敢担保他是一个忠勇的战士，就趁势堵住路口；从他斑白的须髯上，可以看出他身经百战，现在果然显出他老当益壮的身手，为他的国家立下这样的功绩；就是他和两个年轻小伙子，——瞧这两个小伙子的样子似乎只好跑跑乡间的平地，全然不像会干这种杀人的勾当，他们的脸是适宜于戴上面罩的，其实那些为了珍惜自己的美貌或是遮掩羞惭而蒙面的脸，还不及他们的姣好——就是他们三个人站在路口，向那些逃走的人高声呼喊，"我们英国的鹿是因为逃遁而被人杀死的，我们英国的男子却不是这样。向后退的人，他们的灵魂向黑暗里投奔。站住！否则我们就是罗马人，你们像畜生一般奔逃，无非为了避免一死，可是你们不死在罗马人手里，我们也不会饶过你们；要是你们想活命，只有咬紧牙关，转过身去。站住！站住！"在军心涣散的时候，这三个人振臂一呼，简直抵得过三千壮士；他们喊着"站住！站住！"靠着地形的优势，尤其是他们那感发人心的忠勇，可以使一根纺线竿变成一柄长枪，那些死灰似的脸色立刻容光焕发起来；一半因为自觉羞愧，一半因为他们的精神已经重新振作，那些跟在人家后面跑而变成懦夫的人——对于初上战场的兵士，这是一种常有的情形——立刻转过脸去，像雄狮般向着猎人的枪刺狞笑。于是敌人开始停止他们的追逐，他们向后退却，溃奔败走，立刻造成混乱的局面；本来像猛鹰一般从天上飞下，现在却变成一群奔逃的小鸡，来的时候是跨着大步的胜利者，去的时候却是抱头鼠窜的奴才。现在我们的这些懦夫，像一群被狂风怒浪吹打得零落不全的船只，立刻成为生气勃勃的英雄；他们发现敌人的心口可以从它的后门进去，天啊！他们冲杀得多么凶猛！死的死，重伤的重伤，还有的已经被前面的人砍倒，又被后面的人戳了几下；本来是一个人追赶十个，现在这十个人每一个杀死二十个；那些宁愿不抵抗而死的人们，都变成了战场上吃人的大虫。

贵族　真是意想不到的事情，一条狭路，一个老人，两个孩子。

波塞摩斯　不用惊奇；您自己一事不干，听见别人所干的事，就觉得奇怪。您愿意吟两行诗句，聊博一笑吗？我倒有了：

两个孩子，一个老人，一条狭路，

英国人的救星，罗马人的灾祸。

贵族　您别生气呀。

波塞摩斯　唉，何必生气？谁要是见了敌人溜走，我愿意和他交个朋友；因为他会向敌人逃避，他也会逃避我的友谊。——您使我做起诗句来了。

贵族　再见；您在生气了。（下。）

辛白林

**波塞摩斯**　还想逃走吗？这是一个贵人！啊，高贵的卑怯！自己
　　在战场上，却问我有什么消息！今天有多少人愿意放弃他
　　们的尊荣，保全他们的皮囊！他们拔脚飞奔，结果还是不
　　免一死！我这为悲哀缠绕的人，虽然听见死亡的呻吟，却
　　找不到他的踪迹，虽然看见死亡的巨掌，却碰不到我的身
　　上；死神，这丑恶的妖魔，偏爱躲藏在美酒红被、芳唇蜜
　　语之中，我们这些在战场上为他拔刀弄剑的人，不过是他
　　的一小部分爪牙。好，我一定要找到他。现在我已经为英
　　国尽过力，我要重新回复我初来时的面目，不再做一个英
　　国人；我也不愿再上战阵，无论哪一个下贱的小卒碰见了
　　我，我就让他把我捉去。罗马军队在这儿杀死了不少的人，
　　英国人一定要报复这一次仇恨。只有死才可以赎回我的自
　　由，只有死才是我唯一的追求；我要为伊摩琴终结我的残
　　生，再不让它多挨一刻苦痛的时辰。

　　　　　　二英国将领及兵士等上。

**将领甲**　赞美伟大的朱庇特！路歇斯已经被捕了。人家都猜想那
　　老头儿和他的两个儿子是天神下降。

**将领乙**　还有一个人，他的装束十分可笑，也跟他们一起把敌人
　　打退。

**将领甲**　据说是这样；可是这几个人一个也找不到。站住！那儿
　　是谁？

**波塞摩斯**　一个罗马人，要是有人帮我一臂之力，我也不会一个
　　人陷在这儿了。

**将领乙**　抓住他；一条狗！不要让一个罗马的败卒回去告诉他们
　　什么乌鸦在啄他们的朋友。他还自己夸口，好像他是个什

么了不得的人物。带他见王上去。

> 辛白林率侍从上；培拉律斯、吉德律斯、阿维拉古斯、毕萨尼奥及罗马俘虏等同上。二将领献上波塞摩斯，辛白林命狱卒将波塞摩斯收禁；众下。

# 第四场　英国。牢狱

> 波塞摩斯及二狱卒上。

**狱卒甲**　现在可不会有人把你偷走，你的身体已经给锁起来啦。要是这儿有草，你尽管吃吧。

**狱卒乙**　嗯，那可还要看他有没有胃口。（二狱卒下。）

**波塞摩斯**　欢迎，拘囚的生活！因为我想你是到自由去的路。可是我还比一个害痛风病的人好一些，因为他宁愿永远生活在痛苦呻吟之中，不愿让死亡这一个手到病除的良药治愈他的疾病；只有死才是打开这些铁锁的钥匙。我的良心上负着比我的足胫和手腕上更重的镣铐；仁慈的神明啊，赐给我忏悔的利剑，让我劈开这黑暗的牢门，得到永久的自由吧！我已经衷心悔恨，这还不够吗？儿女们是这样使他们尘世的父亲回嗔作喜；天上的神明是更充满了慈悲的。我必须忏悔吗？还有什么比拖镣带铐更好的方式，出于自愿而不是被迫的？为了被除我的罪孽，我愿意呈献我整个的生命。我知道你们比万恶的世人仁慈得多，他们从破产的负债人手里拿去三分之一，六分之一，或是十分之一的财产，让这些债户留着有余不尽的残资，供他们继续的剥

辛白林

削；那却不是我的愿望。把我的生命拿去，抵偿伊摩琴的宝贵的生命吧；虽然它们的价值并不相等，可是那总是一条生命，为你们所亲手铸下的。在人与人之间，他们并不戥量着每一枚货币，即使略有轻重，也瞧着上面的花纹而收受下来；你们应该把我收受，因为我是你们的。伟大的神明啊，要是你们愿意作这一次清算，就请拿去我的生命，勾销这些无情的债务。啊，伊摩琴！我要在沉默中向你抒陈我的心曲。（睡。）

　　奏哀乐。西塞律斯·里奥那托斯，即波塞摩斯之父，鬼魂出现，为一战士装束之老翁；一手携一老妇，即其妻，亦即波塞摩斯之母的鬼魂；二鬼魂登场时有音乐前导。音乐再奏，里奥那托斯二子，即波塞摩斯之兄，亦相继出现，彼等各因战死而身有伤痕。波塞摩斯睡于狱床之上，众鬼魂绕其四周。

**西塞律斯**　你驱雷役电的天主，

　　　　　不要迁怒凡人；

　　　　　你该责怪马斯、朱诺

　　　　　淫乱你的天庭。

　　　　　我那没见面的孩子

　　　　　干过什么坏事？

　　　　　当他尚在母腹待产，

　　　　　我已长辞人世；

　　　　　你是孤儿们的慈父，

　　　　　理应矜怜孤苦，

　　　　　茫茫人世遍地荆棘，

你该尽力加护。

**波塞摩斯之母**　我临盆时未蒙神佑，

一阵剧痛丧身；

波塞摩斯呱呱堕地，

可怜举目无亲！

**西塞律斯**　造化铸下他的模型，

不失列祖英风，

他值得世人的赞美，

果然头角峥嵘。

**波塞摩斯之长兄**　当他长成一表男儿，

他的意气才情

在不列颠全国之中

谁能和他竞争？

除了他有谁能赢取

伊摩琴的芳心？

**波塞摩斯之母**　为什么他才缔良姻，

就被君王放逐，

远离了祖宗的田园

和情人的衣角？

**西塞律斯**　为什么让阿埃基摩，

意大利的伧奴，

用无稽的猜疑嫉妒

把他心胸玷污；

落得那万恶的奸人

一旁讥笑揶揄？

辛白林

**波塞摩斯之次兄**　因此我们离开坟墓，

我们父子四个，

为了捍卫我们祖国，

曾经赴汤蹈火，

牺牲了我们的生命，

保持荣名不堕。

**波塞摩斯之长兄**　波塞摩斯为了王家

也曾卓著勋劳：

朱庇特，你众神之王，

为何久抑贤豪，

不给他应得的褒赏，

让他郁郁无聊？

**西塞律斯**　打开你水晶的窗户，

请你俯瞰尘寰；

莫再用无情的毒害

尽把壮士摧残。

**波塞摩斯之母**　可怜我们无辜佳儿，

赐他幸福平安。

**西塞律斯**　从你琼宫瑶殿之中

伸出你的援手；

否则我们要向众神

控诉你的悖谬。

**波塞摩斯之二兄**　不要有失众望，神啊！

伸出你的援手。

　　　　　　*朱庇特在雷电中骑鹰下降，掷出霹雳一响；众鬼魂跪*

伏。

**朱庇特**　你们这一群下界的幽灵，

　　　　　不要尽向我们天庭烦絮！

　　　　　你们怎么胆敢怨怼天尊，

　　　　　他雷霆的火箭谁能抵御？

　　　　　去吧，乐园中憧憧的黑影，

　　　　　在那不谢的花丛里安息；

　　　　　人世的事不用你们顾问，

　　　　　一切自有我们神明负责。

　　　　　哪一个人蒙到我的恩眷，

　　　　　我一定先使他备历辛艰。

　　　　　你们的爱子他灾星将满，

　　　　　无限幸运展开在他眼前。

　　　　　我的星光照耀他的诞生，

　　　　　他在我神殿上举行婚礼。

　　　　　他将要做伊摩琴的良人；

　　　　　不经困苦，怎得这番甜味？

　　　　　把这简牒安放他的胸头，

　　　　　他一生的休咎都在其中。

　　　　　去吧，别再这样喧扰不休，

　　　　　免得激起我的怒火熊熊。

　　　　　鹰儿，驾着我飞返琉璃宫。（上天。）

**西塞律斯**　他在雷声中下降；他的神圣的呼吸里充满着硫磺的气
　　　　　味；那神鹰弯下头来，似乎要怒踢我们的样子。他升天时
　　　　　发出来的气味比乐园里的花儿还要芬芳；他的尊贵的鹰儿

辛白林

107

缮理那永生的羽翼，用它的脚爪剔拭它的尖啄，正像他的
神明喜悦的时候一般。

**众鬼魂** 感谢，朱庇特！

**西塞律斯** 那玉石的阶道已经被云儿遮住了；他已经走进他光明
的宫殿里。去吧！让我们恭承天惠，恪遵他庄严的训诲。

（众鬼魂隐灭。）

**波塞摩斯** （醒）睡眠，你已经做了一次老祖父，替我生下一个
父亲；你又造下了一个母亲和两个兄长。可是啊，无情的
讥刺！他们全去了，正像来的时候一样飘忽；我也就这样
醒来。那些倚靠着贵人恩宠的可怜虫，也像我一样做着
梦；一醒之后，万事皆空。可是唉！话又说回来了。有的
人并没有做求名求利的好梦，他们无所事事，却也照样受
尽恩荣；我也是这样，不知怎么会莫名其妙地做起这种幸
福的美梦来。什么神仙到过这里？一册书吗？啊，珍奇的
宝册！愿你不要像我们爱好虚华的世人一般，把一件富丽
的外服遮掩内衣的敝陋；愿你的内容也像你的外表一般美
好，不像我们那些朝士们只有一副空空的架子。"雄狮之
幼儿于当面不相识、无意寻求间得之、且为一片温柔之空
气所笼罩之时，自庄严之古柏上砍下之枝条、久死而复生、
重返故株、发荣滋长之时，亦即波塞摩斯脱离厄难、不列
颠国运昌隆、克享太平至治之日。"仍然是一个梦，否则
一定是什么疯子随口吐出，不假思索的狂言；倘不是梦里
的鬼话，就是无根的谎语；倘不是毫无意识的乱谈，它的
意义也是不可究诘的。可是不管它是什么东西，我的一生
的行事却也没头没脑得和它相差不远，只为了同病相怜的

缘故，我也要把它保藏起来。

　　　　二狱卒重上。

**狱卒甲**　来，先生，你准备好去死没有？

**波塞摩斯**　早就准备好了；假如是一块肉的话，烤也烤焦了。

**狱卒甲**　一句话，要请你去上吊，先生；要是你已经准备好了，那么你这块肉已经烹得很好了。

**波塞摩斯**　哦，要是我能够在观众眼睛里成为一道好菜，那么总算死得并不冤枉。

**狱卒甲**　这对于你是一回严重的清算，先生；可是这样也好，从此以后，你不用再还人家的债，也不用再怕酒店向你催讨欠账，人们在追寻欢乐的当儿，往往免不了这一种临别时的悲哀。你进来的时候饿得有气没力，出去的时候喝得醉步蹒跚；你后悔不该付太大的代价，又恼恨人家给你太重的代价；你的钱囊和脑袋同样空洞，脑袋里因为装满空虚，反而显得沉重，钱囊里没有了货色，又嫌太轻了：这一种矛盾，你现在可以从此免去。啊！一根只值一文钱的绳子，却有救苦救难的无边法力：无论你欠下成千债款，它都可以在一霎眼间替你结束；它才是你真正的债主和债户；过去、现在、未来的一切总账，都可以由它一手清还。你的颈子，先生，是笔，是帐簿，也是算盘；不消片刻，你就可以收付两讫了。

**波塞摩斯**　我死了比你活着还要快乐得多。

**狱卒甲**　不错，先生，睡熟的人不觉得牙痛；可是一个人要是必须睡你那种觉，还要让一个刽子手照护他上床，我想他一定还是愿意和他的行刑者交换一下位置的；因为你瞧，先

辛白林

109

生，你自己也不知道你要到什么地方去哩。

**波塞摩斯** 我知道，朋友。

**狱卒甲** 那么你死了以后，眼睛还是睁得大大的；我可只听见人家说，身子一挺，两眼发黑。也许有什么自命为识路的人带领你；也许你自信不会走错路，但是我断定你对于这条路是完全生疏的；也许你想冒一下险，探寻前途的究竟。可是，你旅行的结果如何，我想你是再也不会回来告诉人家的了。

**波塞摩斯** 我告诉你，朋友，除了那些生了眼睛有心闭上的人们以外，走我这一条路是不愁在暗中摸索的。

**狱卒甲** 可笑一个人长了眼睛，最大的用处却是去赶这条黑暗的路程！我相信绞刑是叫人闭眼的一个方法。

*一使者上。*

**使者** 打开他的镣铐；把你的囚犯带去见王上。

**波塞摩斯** 你带来了好消息；他们要叫我去恢复我的自由了。

**狱卒甲** 真有那样的事，我就上吊给你看。

**波塞摩斯** 那你倒可以比当一个看牢门的人自由一些：只有套活人的枷锁，没有关死鬼的牢门。（除狱卒甲外均下。）

**狱卒甲** 除非一个人愿意娶一座绞架做妻子，生一些小绞架下来，我没有见过像他这样一个不怕死的怪东西。可是凭良心说，有些家伙是贪生怕死的，尽管他是个罗马人；他们这批人中间，也有好多是虽然自己不愿意，因为没有法子，只好硬着头皮去死；要是我做了他们，我也一定会这样。我希望我们大家都存着一条好心肠；啊！那么什么看牢门的人、什么绞架，都可以用不着啦。我说这样的话，固然有碍我自己目前的利益，可是一个人只要存着善心，总不会没有好处的。（下。）

# 第五场　辛白林营帐

辛白林、培拉律斯、吉德律斯、阿维拉古斯、毕萨尼奥、群臣、将校及侍从等上。

**辛白林**　站在我的旁边，你们这些天神差下来保全我的王位的英雄们。可惜我们找不到那个作战得如此奋勇的穷苦的兵士，他的褴褛的衣衫羞死那些鲜明的盔甲；他挺着裸露的胸膛，走上拥着坚盾的骑士的前面，去迎受敌人的剑锋。谁要是能够找到他，我一定不惜重赏。

**培拉律斯**　我从来没有见过这样卑微的人会表现出这样忠勇的义愤，这样一个叫化似的家伙，会干出这种惊人的壮事。

**辛白林**　没有探听到他的消息吗？

**毕萨尼奥**　死人活人中间，都已经仔细寻找过，可是一点没有他的踪迹。

**辛白林**　我很懊恨不能报答他的大功，只好把额外的恩典，（向培拉律斯、吉德律斯、阿维拉古斯）加在你们身上了；你们是英国的心肝和头脑，她是靠着你们的力量而生存的。现在我应该询问你们是什么地方来的，回复我吧。

**培拉律斯**　陛下，我们是堪勃利亚人，出身士族；除此以外，要是再说什么自夸的话就要失之于虚伪和狂妄；除非我再加上一句，我们都是忠诚正直的。

辛白林

**辛白林**　跪下来。起来，我的战场上的骑士们；我封你们为我的
　　　御前护卫，还要用适合于你们地位的尊荣厚赏你们。

　　　　　考尼律斯及宫女等上。

**辛白林**　这些人的脸上好像出了什么事情似的。为什么你们用这
　　　样惨淡的神情迎接我们的胜利？你们瞧上去像是罗马人，
　　　不是英国宫廷里的。

**考尼律斯**　万福，伟大的君王！不怕扫了您的兴致，我必须报告
　　　王后已经死了。

**辛白林**　这样的消息是应该出之于一个医生的嘴里吗？可是我想
　　　医药虽然可以延长生命，毕竟医生也是不免一死的。她是
　　　怎样死的？

**考尼律斯**　她死的情形十分可怕，简直发疯一般，正像她生前的
　　　样子；她活着用残酷的手段对待世人，死去的时候，对她
　　　自己也十分残酷。要是陛下不嫌烦渎，我愿意报告她临终
　　　时自己供认的那些话；要是我说错了，她的这些侍女们可
　　　以纠正我，她们当她弥留的时候，都是满脸淌着眼泪站在
　　　一旁的。

**辛白林**　你说吧。

**考尼律斯**　第一，她供认她从没有爱过您，她爱的是您的富贵尊
　　　荣，不是您；她嫁给您的王冠，是您的王座的妻子，可是
　　　她厌恶您本人。

**辛白林**　这是只有她一个人知道的；倘不是她临死时所说的话，
　　　即使她说了我也不会相信。说下去。

**考尼律斯**　她在表面上装着十分疼爱您的女儿，其实她自己承认，
　　　她是她眼睛里的一个蝎子；倘不是逃走得早，公主早已被

她用毒药毒死了。

**辛白林**　啊，最娇美的恶魔！谁能观察一个女人的心呢？还有别的话吗？

**考尼律斯**　有，陛下，还有更骇人的话哩。她供认她已经为您预备好一种致命的药石，服了下去，立刻就会侵蚀人的生命，慢慢地把血液一起吸干，叫人一寸一寸地死去；在那一段时间里，她要日夜陪伴您，侍候您，向您流泪，和您亲吻，做出种种千恩万爱的样子，叫您受她的感动；然后趁着适当的机会，当她已经使您中了她的圈套的时候，她就设法骗诱您答应让她的儿子继承您的王冠。可是因为他的奇怪的失踪，她这一种目的不能达到，所以她就发起疯来，忘记一切的羞耻；当着上天和众人之前，公开吐露了她的心事，懊恨她处心积虑的奸谋不能成为事实，就在这样绝望的心绪中死了。

**辛白林**　宫女们，你们都是随身服侍她的，这些话你们都听见吗？

**宫女甲**　回陛下的话，我们都听见的。

**辛白林**　我的眼睛并没有错误，因为她是美貌的；我的耳朵也没有错，因为她的谄媚的话是婉转动听的；我更不责怪我的心，它以为她的灵魂和外表同样可爱，对她怀疑也是一种罪过。可是，啊，我的女儿！你也许会说，这是我的痴愚，并且用你的感觉证明你的判断的正确。愿上天弥缝一切！

　　　　路歇斯、阿埃基摩、预言者及其他罗马俘虏各由卫士押解上；波塞摩斯及伊摩琴亦在众俘之后。

**辛白林**　卡厄斯，你现在不是来向我们要求纳贡，那是已经被不列颠人用武力抹消的了，虽然他们因此丧失了不少的勇士。那些死者的亲属已经提出要求，为了安慰英灵起见，必须把你们这一批俘虏杀死；这我已经答应了他们。所以，想一想你们所处的地位吧。

**路歇斯**　陛下，胜败本来是兵家常事；你们的得胜不过是一个偶然的机遇。假如这次是我们得到胜利，当热血冷静下来以后，我们决不会用刀剑威胁我们的俘虏的。可是既然这是天神的意旨，我们除了一死以外，没有其他赎身的方法，那么就让我们死吧；一个罗马人是能够用一颗罗马人的心忍受一切的，这就够了；奥古斯特斯有生之日，将会记着这一件事情；对于我自己个人，已经言尽于此。只有这一件事，我要向您请求：我的童儿，一个生长在英国的孩子，让他赎回他的生命吧。从来不曾有哪一个主人得到过这样一个殷勤亲切、忠心勤恳的童儿；他是那样的遇事谨慎，那样的诚实、伶俐而曲体人情。让他本身的好处，连同着我的请求，邀获陛下的矜怜吧；他不曾伤害过一个英国人，虽然他所侍候的是一个罗马人。赦免他，陛下，让其余的人一起身膏斧钺吧。

**辛白林**　我一定在什么地方见过他；他的面貌瞧上去怪熟的。孩子，我只瞧了你一眼，你已经得到我的恩宠；你现在是我的人了。我不知道为什么我要说，"活着吧，孩子。"不用感谢你的主人；活着吧。无论你向辛白林要求什么恩典，只要适合于我的慷慨和你的地位的，我都愿意答应你；即使你向我要求一个最尊贵的俘虏，我也决不吝惜。

**伊摩琴**　敬谢陛下。

**路歇斯**　我并不叫你要求我的生命，好孩子；可是我知道你会做这样的要求。

**伊摩琴**　不，不。唉！我还有别的事情要做哩。我看见一件东西，对于我就像死一般痛苦；您的生命，好主人，只好让它听其自然了。

**路歇斯**　这孩子侮蔑我，他离弃了我，还要把我讥笑；那些信任着少女们和孩子们的忠心的人，他们的快乐是转瞬就会消失的。为什么他这样呆呆地站着？

**辛白林**　你想要求些什么，孩子？我越瞧你，越觉得爱你；仔细想一想你应该提出些什么要求吧。你瞧着的那个人，你认识他吗？说，你要我赦免他吗？他是你的亲族，还是你的朋友？

**伊摩琴**　他是一个罗马人。他不是我的亲族，正像我不是陛下的亲族一样；可是因为我生下来就是陛下的臣仆，所以比较起来还是陛下跟我的关系亲密一些。

**辛白林**　那么你为什么这样瞧着他？

**伊摩琴**　陛下要是愿意听我说话，我希望不要让旁人听见。

**辛白林**　哦，很好，我一定留心听着你。你叫什么名字？

**伊摩琴**　斐苔尔，陛下。

**辛白林**　你是我的好孩子，我的童儿；我要做你的主人。跟我来；放胆说吧。（辛白林、伊摩琴在一旁谈话。）

**培拉律斯**　这孩子死而复活吗？

**阿维拉古斯**　两颗砂粒也不会这般相像。这正是那个可爱的美貌少年，死去了的斐苔尔。你以为怎样？

**吉德律斯**　正是他死而复活了。

辛
白
林

**培拉律斯** 轻声！轻声！再瞧下去；他一眼也不看我们；不要莽撞；人们的面貌也许彼此相同；果然是他的话，我想他一定会对我们说话的。

**吉德律斯** 可是我们明明见他死了。

**培拉律斯** 不要说话；让我们瞧下去。

**毕萨尼奥** （旁白）那是我的女主人。既然她还在人世，不管事情变好变坏，我都可以放心了。（辛白林、伊摩琴上前。）

**辛白林** 来，你站在我的旁边，高声提出你的要求。（向阿埃基摩）朋友，站出来，老老实实答复这孩子的问话；否则凭着我的地位和荣誉，我们将要用严刑逼你招供真情。来，对他说。

**伊摩琴** 我的要求是，请这位绅士告诉我，他这戒指是谁给他的。

**波塞摩斯** （旁白）那跟他有什么关系？

**辛白林** 你手指上的那个钻石戒指是怎么得来的？

**阿埃基摩** 你还是不要逼我说出来的好，因为一说出来，会叫你十分难受的。

**辛白林** 怎么！我？

**阿埃基摩** 我很高兴今天有这样的机会，被迫吐露那因为隐藏在我的心头使我痛苦异常的秘密。这戒指是我用诡计骗来的，它本来是被你放逐的里奥那托斯的宝物；也许你会像我一样悔恨，因为在天壤之间，不曾有过一位比他更高贵的绅士。你愿意听下去吗，陛下？

**辛白林** 我要听一切和这有关的事情。

**阿埃基摩** 那位绝世的佳人，你的女儿——为了她，我的心头淋着血，我的奸恶的灵魂一想起就不禁战栗——恕我；我要晕倒了。

**辛白林** 我的女儿！她怎么样？提起你的精神来；我宁愿让你活到老死，也不愿在我没有听完以前让你死去。挣扎起来，汉子，说。

**阿埃基摩** 那一天——不幸的钟敲出了那个时辰！——在罗马——可咒诅的屋子潜伏着祸根！——一个欢会的席上——啊，要是我们那时的食物，或者至少被我送进嘴里去的，都有毒药投在里面，那可多好！——善良的波塞摩斯——我应当怎么说呢？像他这样的好人，是不该和恶人同群的；在最难得的好人中间，他也是最好的一个——郁郁寡欢地坐着，听我们赞美我们意大利的恋人：她们的美艳使最善于口辩者的夸大的谀辞成为贫乏；她们的丰采使维纳斯的神座黯然失色，苗条的弥涅瓦①相形见绌；她们的性情是一切使男子们倾心的优点的总汇；此外还有那引人上钩的伎俩，迷人的娇姿丽色。

**辛白林** 我好像站在火上一般。不要尽说废话。

**阿埃基摩** 除非你愿意早一点伤你的心，否则你反而会嫌我说得太快的。这位波塞摩斯，正像一位热恋着一个高贵的女郎的贵人一样，也接着发表他的意见；并不诽毁我们所赞美的女子，在那一点上他保持着谦恭的沉默，他只是开始描写他的情人的容貌；他的整个的心灵都贯注在他的口舌之上，画出了一幅绝妙的肖像，显得刚才被我们夸美的，只是一些灶下的贱婢，换言之，他越讲越有神，竟使我们变

---

① 弥涅瓦（Minerva），希腊罗马神话中的女战神，也是司才艺的女神。

辛
白
林

成了一群钝口拙舌的笨人。

**辛白林**　算了，算了，快讲正文吧。

**阿埃基摩**　你的女儿的贞操是一切问题的发端。他称道她的贞洁，仿佛狄安娜也曾做过热情的梦，只有她才是冷若冰霜的。该死的我听他这样说，就向他的赞美表示怀疑；那时候他把这戒指带在他的手指上，我就用金钱去和他的戒指打赌，说要是我能够把她骗诱失身，这戒指就归我所有。他，忠心的骑士，全然信任她的贞洁，正像我后来所发现的一样，很慷慨地把这戒指作了赌注；即使它是福玻斯车轮上的一颗红玉，甚或是他的整个车子上最贵重的宝物，他也会毫不吝惜地把它掷下。抱着这样的目的，我立刻就向英国出发。你也许还记得我曾经到过你的宫廷，在那里多蒙你的守身如玉的令媛指教我多情和淫邪的重大的区别。我的希望虽然毁灭了，可是我的爱慕的私心，却不曾因此而遏抑下去；我开始转动我的意大利的脑筋，在你们呆笨的不列颠国土上实施我的恶毒的阴谋，对于我那却是一个无上的妙计。简单一句话，我的计策大获成功；我带了许多虚伪的证据回去，它们是足够使高贵的里奥那托斯发疯的；我用这样那样的礼物，使他对她的贞节失去信念；我用详细的叙述，说明她房间里有些什么张挂，什么图画；还有她的这一只手镯——啊，巧妙的手段！我好容易把它偷到手里！——不但如此，我还探到了她身体上的一些秘密的特征，使他不能不相信她的贞操已经被我破坏。因此——我现在仿佛看见他——

**波塞摩斯**　（上前）嗯，你看得不错，意大利的恶魔！唉！我这最轻信的愚人，罪该万死的凶手、窃贼，过去现在未来一切恶徒中的罪魁祸首！啊！给我一条绳、一把刀或是一包毒药，让它惩罚我的罪恶。国王啊，吩咐他们带上一些巧妙的刑具来吧；是我使世上一切可憎的事情变成平淡无奇，因为我是比它们更可憎的。我是波塞摩斯，我害死了你的女儿；——像一个恶人一般，我又说了谎；我差遣一个助恶的爪牙，一个亵渎神圣的窃贼，毁坏了她这座美德的殿堂；是的，她原是美德的化身。唾我的脸，用石子丢我，把污泥摔在我身上，嗾全街上的狗向我吠叫吧；让每一个恶人都用波塞摩斯·里奥那托斯做他的名字；愿从今以后再不会出现这样重大的恶事。啊，伊摩琴！我的女王，我的生命，我的妻子！啊，伊摩琴！伊摩琴！伊摩琴！

**伊摩琴**　安静一些，我的主！听我说，听我说！

**波塞摩斯**　这样的时候，你还要跟我开玩笑吗？你这轻薄的童儿，让我教训教训你。（击伊摩琴；伊摩琴倒地。）

**毕萨尼奥**　啊，各位，救命！这是我的女主人，也就是您的妻子！啊！波塞摩斯，我的大爷，您并没有害死她，现在她却真的死在您的手里了。救命！救命！我的尊贵的公主！

**辛白林**　世界在旋转吗？

**波塞摩斯**　我怎么会这样站立不稳起来？

**毕萨尼奥**　醒来，我的公主！

**辛白林**　要是真有这样的事，那么神明的意思，是要叫我在致命的快乐中死去。

**毕萨尼奥**　我的公主怎样啦？

**伊摩琴**　啊！不要让我看见你的脸！你给我毒药；危险的家伙，

辛白林

走开！不要插足在君王贵人们的中间。

**辛白林** 伊摩琴的声音！

**毕萨尼奥** 公主，要是我知道我给您的那个匣子里盛着的并不是灵效的妙药，愿天雷轰死我；那是王后给我的。

**辛白林** 又有新的事情了吗？

**伊摩琴** 它使我中了毒。

**考尼律斯** 神啊！我忘了王后亲口供认的还有一句话，那却可以证明她的诚实；她说，"我把配下的那服药剂给了毕萨尼奥，骗他说是提神妙药；要是他已经把它转送给他的女主人，那么她多半已经像一只耗子般的被我毒死了。"

**辛白林** 那是什么药，考尼律斯？

**考尼律斯** 陛下，王后屡次要求我替她调制毒药，她的借口总是说不过拿去毒杀一些猫狗之类下贱的畜生，从这种实验中得到知识上的满足。我因恐她另有其他危险的用意，所以就替她调下一种药剂，服下以后，可以暂时中止生活的机能，可是在短时间内，全身器官就会恢复它们的活动。您有没有服过它？

**伊摩琴** 大概我是服过的，因为我曾经死了过去。

**培拉律斯** 我的孩子们，我们原来弄错了。

**吉德律斯** 这果然是斐苔尔。

**伊摩琴** 为什么您要推开您的已婚的妻子？想像您现在是在一座悬崖之上，再把我推开吧。（拥抱波塞摩斯。）

**波塞摩斯** 像果子一般挂在这儿，我的灵魂，直到这一棵树木死去！

**辛白林** 怎么，我的骨肉，我的孩子！嘿，你要我在这一幕戏剧里串演一个呆汉吗？你不愿意对我说话吗？

**伊摩琴** （跪）您的祝福，父亲。

**培拉律斯** （向吉德律斯、阿维拉古斯）虽然你们曾经爱过这个少年，我也不怪你们；你们爱他是有缘故的。

**辛白林** 愿我流下的眼泪成为浇灌你的圣水！伊摩琴，你母亲死了。

**伊摩琴** 我也很惋惜，父王。

**辛白林** 啊，她算不得什么；都是因为她，我们才会有今天这一番奇怪的遇合。可是她的儿子不见了，我们既不知道他怎么出走，又不知道他到什么地方去了。

**毕萨尼奥** 陛下，现在我的恐惧已经消失，我可以说老实话了。公主出走以后，克洛顿殿下就来找我；他拔剑在手，嘴边冒着白沫，发誓说要是我不把她的去向说出来，就要把我当场杀死。那时我衣袋里刚巧有一封我的主人所写的假信，约公主到密尔福德附近的山间相会。他看了以后，强迫我把我主人的衣服拿来给他穿了，抱着淫邪的念头，发誓说要去破坏公主的贞操，就这样怒气冲冲地向那里动身出发。究竟后来他下落如何，我就不知道了。

**吉德律斯** 让我结束这一段故事：是我把他杀了。

**辛白林** 嗳哟，天神们不允许这样的事！你为国家立下大功，我不希望你从我的嘴里得到一句无情的判决。勇敢的少年，否认你刚才所说的话吧。

**吉德律斯** 我说也说了，做也做了。

**辛白林** 他是一个王子哩。

**吉德律斯** 一个粗野无礼的王子。他对我所加的侮辱，完全有失

辛
白
林

一个王子的身分；他用那样不堪入耳的言语激恼我，即使海潮向我这样咆哮，我也要把它踢回去的。我砍下他的头；我很高兴今天他不在这儿抢夺我说话的机会。

**辛白林**　我很为你抱憾；你已经亲口承认你的罪名，必须受我们法律的制裁。你必须死。

**伊摩琴**　我以为那个没有头的人是我的丈夫。

**辛白林**　把这罪犯缚起来，带他下去。

**培拉律斯**　且慢，陛下，这个人的身分是比被他杀死的那个人更高贵的，他有和你同样高贵的血统；几十个克洛顿身上的伤痕，也比不上他为你立下的功绩。（向卫士）放开他的手臂，那不是生来受束缚的两臂。

**阿维拉古斯**　他说得太过分了。

**辛白林**　你胆敢当着我的面这样咆哮无礼，你也必须死。

**培拉律斯**　我们三个人愿意一同受死；可是我要证明我们中间有两个人是像我刚才所说那样高贵的。我的孩儿们，我必须说出一段对于我自己很危险的话儿，虽然也许对于你们会大有好处。

**阿维拉古斯**　您的危险也就是我们的危险。

**吉德律斯**　我们的好处也就是您的好处。

**培拉律斯**　那么恕我，我就老实说了。伟大的国王，你曾经有过一个名叫培拉律斯的臣子。

**辛白林**　为什么提起他？他是一个亡命的叛徒。

**培拉律斯**　他就是现在站在你面前的这一个老头儿；诚然他是一个亡命的人，我却不知道他怎么会是一个叛徒。

**辛白林**　把他带下去；整个的世界不能使他免于一死。

**培拉律斯**　不要太性急了；你应该先偿还我你的儿子们的教养费，等我受了以后，你再没收不迟。

**辛白林**　我的儿子们的教养费！

**培拉律斯**　我的话说得太莽撞无礼了。我现在双膝跪下；在我起立以前，我要把我的儿子们从微贱之中拔擢起来，然后让我这老父亲引颈就戮吧。尊严的陛下，这两位称我为父亲的高贵的少年，他们自以为是我的儿子，其实并不是我的；陛下，他们是您自己的亲生骨肉。

**辛白林**　怎么！我自己的亲生骨肉！

**培拉律斯**　正像您是您父王的儿子一般不容置疑。我，年老的摩根，就是从前被您放逐的培拉律斯。我的过失、我的放逐、我的一切叛逆的行为，都出于您一时的喜怒；我所干的唯一的坏事，就是我所忍受的种种困苦。这两位善良的王子——他们的确是金枝玉叶的王室后裔——是我在这二十年中教养长大的；我把自己所有的毕生学问和本领全都传授了他们。他们的乳母尤莉菲尔当我被放逐的时候，把这两个孩子偷了出来，我也因此而和她结为夫妇；是我唆使她干下这件盗案，因为痛心于尽忠而获谴，才激成我这种叛逆的行为。越是想到他们的失踪对于您将是一件怎样痛心的损失，越是诱发我偷盗他们的动机。可是，仁慈的陛下，现在您的儿子们又回来了；我必须失去世界上两个最可爱的伴侣。愿覆盖大地的穹苍的祝福像甘露一般洒在他们头上！因为他们是可以和众星并列而无愧的。

**辛白林**　你一边说话，一边在流泪。你们三个人所立下的功劳，比起你所讲的这一段故事来更难令人置信。我已经失去我的孩子；要是这两个果然就是他们，我不知道怎样可以希望再有一对比他们更好的儿子。

**培拉律斯** 请高兴起来吧。这一个少年，我称他为波里多的，就是您的最尊贵的王子吉德律斯，这一个我的凯德华尔，就是您的小王子阿维拉古斯，那时候，陛下，他是裹在一件他的母后亲手缝制的非常精致的斗篷里的，要是需要证据的话，我可以把它拿来恭呈御览。

**辛白林** 吉德律斯的颈上有一颗星形的红痣；那是一个不平凡的记号。

**培拉律斯** 这正是他，他的颈上依然保留着那天然的标识。聪明的造物者赋与他这一个特征，那用意就是要使它成为眼前的证据。

**辛白林** 啊！我竟是一个一胎生下三个儿女来的母亲吗？从来不曾有哪一个母亲在生产的时候感到这样的欢喜。愿你们有福！像脱离了轨道的星球一般，你们现在已经复归本位了。啊，伊摩琴！你却因此而失去一个王国。

**伊摩琴** 不，父王；我已经因此而得到两个世界。啊，我的好哥哥们！我们就是这样骨肉重圆了！啊，从此以后，你们必须承认我的话是说得最正确的：你们叫我兄弟，其实我却是你们的妹妹；我叫你们哥哥，果然你们是我的哥哥。

**辛白林** 你们已经遇见过吗？

**阿维拉古斯** 是，陛下。

**吉德律斯** 我们一见面就彼此相爱，从无间歇，直到我们误认她已经死了。

**考尼律斯** 因为她吞下了王后的药。

**辛白林**　啊，神奇的天性！什么时候我可以把这一切听完呢？你们现在所讲的这些粗条大干，应该还有许多详细的枝节，充满着可惊可愕的材料。在什么地方？你们是怎么生活的？从什么时候你服侍起我们这位罗马的俘虏来？怎么和你的哥哥们分别的？怎么和他们初次相遇？你为什么从宫廷里逃走，逃到什么地方去？这一切，还有你们三人投身作战的动机，以及我自己也想不起来的许许多多的问题，和一次次偶然的机遇中的一切附带的事件，我都要问你们一个明白，可是时间和地点都不允许我们作这样冗长的询问。瞧，波塞摩斯一眼不霎地望着伊摩琴；她的眼光却像温情的闪电一般，一会儿向着他，一会儿向着她的哥哥们，一会儿向着我，一会儿向着她的主人，到处投掷她的快乐；每一个人都彼此交换着惊喜。让我们离开这地方，到神殿里去献祭吧。（向培拉律斯）你是我的兄弟；我们从此是一家人了。

**伊摩琴**　您也是我的父亲；幸亏您的救援，我才能够看见这幸福的一天。

**辛白林**　除了那些阶下的囚人以外，谁都是欢天喜地的；让他们也快乐快乐吧，因为他们必须分沾我们的喜悦。

**伊摩琴**　我的好主人，我还可以为您效力哩。

**路歇斯**　愿您幸福！

**辛白林**　那个奋勇作战的孤独的兵士要是也在这里，一定可以使我们格外生色；他是值得一个君王的感谢的。

**波塞摩斯**　陛下，我就是和这三位在一起的那个衣服褴褛的兵士；为了达到我当时所抱的一种目的，所以我穿着那样的装束。说吧，阿埃基摩，你可以证明我就是他；我曾经把你打倒在地上，差一点儿结果了你的性命。

**阿埃基摩** （跪）我现在又被您打倒了；可是那时候是您的武力把我克服，现在是我自己负疚的良心使我屈膝。请您取去我这一条欠您已久的生命，可是先把您的戒指拿去，还有这一只手镯，它是一位最忠心的公主所有的。

**波塞摩斯** 不要向我下跪。我在你身上所有的权力，就是赦免你；宽恕你是我对你唯一的报复。活着吧，愿你再不要用同样的手段对待别人。

**辛白林** 光明正大的判决！我要从我的子婿学得我的慷慨；让所有的囚犯一起得到赦免。

**阿维拉古斯** 妹夫，您帮助我们出了力，好像真的要做我们的兄弟一般；我们很高兴，您果然是我们的自家人。

**波塞摩斯** 我是你们的仆人，两位王子。我的罗马的主帅，请叫您那位预言者出来。当我睡着的时候，仿佛看见朱庇特大神骑鹰下降，还有我自己亲族的阴魂，都在我梦中出现；醒来以后，发现我的胸前有这么一张笺纸，上面写着的字句，奥秘难明，不知道是什么意思；让他来显一显他的本领，把它解释解释吧。

**路歇斯** 费拉蒙纳斯！

**预言者** 有，大帅。

**路歇斯** 念念这些字句，说明它的意义。

**预言者** "雄狮之幼儿于当面不相识、无意寻求间得之、且为一片温柔之空气所笼罩之时，自庄严之古柏上砍下之枝条、久死而复生、重返故株、发荣滋长之时，亦即波塞摩斯脱离厄难、不列颠国运昌隆、克享太平至治之日。"你，里奥那托斯，就是雄狮的幼儿；因为你是名将的少子。（向辛白林）一片温柔的空气就是你的贤德的女儿，这位最忠贞的妻子，因为她是像微风一般温和而柔静的；她已经应着神明的诏示，（向波塞摩斯）在你当面不相识、无意寻求得之的时候，把你拥抱在她的温情柔意之中了。"

**辛白林** 这倒有几分相像。

**预言者** 庄严的古柏代表着你，尊贵的辛白林，你的砍下的枝条指着你的两个儿子；他们被培拉律斯偷走，许多年来，谁都以为他们早已死去，现在却又复活过来，和庄严的柏树重新接合，他们的后裔将要使不列颠享着和平与繁荣。

**辛白林** 好，我现在就要开始我的和平局面。卡厄斯·路歇斯，我们虽然是胜利者，却愿意向凯撒和罗马帝国屈服；我们答应继续献纳我们的礼金，它的中止都是出于我们奸恶的王后的主意，上天憎恨她的罪恶，已经把最重的惩罚降在她们母子二人的身上了。

**预言者** 神明的意旨在冥冥中主持着这一次和平。当这次战血未干的兵祸尚未开始以前我向路歇斯预示的梦兆，现在已经完全证实了；罗马的神鹰振翼高翔，从南方飞向西方，盘旋下降，消失在阳光之中；这预兆着我们尊贵的神鹰，威严的凯撒，将要和照耀西方的辉煌的辛白林言归于好。

**辛白林** 让我们赞美神明；让献祭的香烟从我们神圣的祭坛上袅袅上升，使神明歆享我们的至诚。让我们向全国臣民宣布和平的消息。让我们列队前进，罗马和英国的国旗交叉招展，表示两国的友好。让我们这样游行全市，在伟大的朱庇特的神殿里签订我们的和约，用欢宴庆祝它的订立。向那里进发。难得这一次战争结束得这样美满，血污的手还没有洗清，早已奠定了这样光荣的和平。（同下。）

# 泰尔亲王配力克里斯

# 剧中人物

安提奥克斯　安提奥克国王

配力克里斯　泰尔亲王

赫力堪纳斯

爱斯凯尼斯　｝　二泰尔大臣

西蒙尼狄斯　潘塔波里斯国王

克里翁　塔萨斯总督

拉西马卡斯　米提林总督

萨利蒙　以弗所贵族

泰利阿德　安提奥克使臣

菲利蒙　萨利蒙之仆

里奥宁　狄奥妮莎之仆

司仪官

妓院主人

龟奴


公主　安提奥克斯之女

狄奥妮莎　克里翁之妻

泰莎　西蒙尼狄斯之女

玛丽娜　配力克里斯及泰莎之女

利科丽达　玛丽娜之保姆

鸨妇

群臣、贵妇、骑士、卫士、水手、海盗、渔夫及使者等

狄安娜女神

老人　剧情解释者

# 地　点

散处各国

# 第一幕　安提奥克王宫前

老人上。

从往昔的灰烬之中，

来了俺这白发衰翁，

唱一支古代的曲调，

博你们粲然的一笑。

在佳节欢会的席上，

这诗篇常被人歌唱；

贵人淑女午睡方醒，

也曾赖它消愁解闷。

它使人们向往光荣，

年代越久味道越浓。

要是后世诸位君子，

对这曲儿不加鄙视，

要是老人引吭歌唱，
能使你们胸怀欢畅，
俺愿意化一支烛光，
为你们把生命销亡。

却说当年安提奥克
在叙利亚建立王国，
他的王后不幸物故，
留下一个娇娃失母，
可喜长得容华绝代，
天生就风流的体态；
谁料老王乱伦灭性，
竟把他的女儿诱引，
这无耻的父女一双，
干下了罪恶的勾当，
经历了几度的春秋，
他们也就恬不知羞。
这公主的艳誉芳名，
招来多少公子王孙，
他们做着求凰好梦，
谁都想把美人抱拥。
哪知道这一方禁脔，
怎么容得旁人指染？
这老王早制定约束，
应付求婚者的絮渎：

133

谁要是想娶她为妻，

必须解答一个哑谜；

参不透哑谜的奥秘，

他只好把生命捐弃。

可怜这一个难题目，

害多少的英才受戮！

俺且把秃舌儿收了，

让列位眼皮上看饱。（下。）

# 第一场　安提奥克。宫中一室

安提奥克斯、配力克里斯及侍从等上。

**安提奥克斯**　泰尔的少年亲王，想来您已经充分明白您现在所从事的是一件多么危险的工作。

**配力克里斯**　是的，安提奥克斯，我因为久闻公主芳名，爱慕之诚，增加了我灵魂上的勇气，所以甘冒万死，大胆前来。

**安提奥克斯**　领公主出来，替她装扮得像位新娘一般，值得被天神拥抱；为了造成她美丽的仪容，从她投胎的时候起，直到降生，诸天的星辰曾经全体聚会，把他们各自的美点集合在她的一身。（音乐。）

公主上。

**配力克里斯**　瞧，她像春之女神一般姗姗地来了；无限的爱娇追随着她，她的思想是人间一切美德的君王！她的面庞是一卷赞美的诗册，满载着神奇的愉快，那上面永远没有悲哀的痕迹，暴躁的愤怒也永不会做她的伴侣。神啊，你们使我成为一个男子，在爱情中颠倒，你们在我的胸头燃起炎炎的欲火，使我渴想尝一尝那仙树上的果实，否则宁愿因失败而死亡，帮助我，你们忠心的臣仆，达到这样无涯的幸福吧！

**安提奥克斯**　配力克里斯亲王——

**配力克里斯**　他想要成为伟大的安提奥克斯的子婿。

**安提奥克斯**　在你的面前站着这一座美丽的乐园，它的黄金的果实触上去是有危险的，因为致人死命的巨龙会吓散你的魂魄。她的天堂一般的面庞引诱你去瞻仰她的不可计数的美艳，只有才德出众的人才可以把她拥为己有；你要是不够资格，那么为了你的僭妄的眼光，你将不免一死。你看那些本来都是赫赫有名的君王，也都像你一样受着情欲的驱策，从远道闻名前来，他们在用无言的唇舌和惨白的容颜告诉你，他们都是爱情的战争中的阵亡者，只有天上的星光掩覆着他们暴露的骸骨；他们那死灰的面颊在劝你不要走进死神的罗网，那罗网是什么人都一体容纳的。

**配力克里斯**　安提奥克斯，我谢谢你，你教我认识我自己的脆弱的浮生，提出这些可怕的前车之鉴，使我准备接受和他们同样的不可避免的命运；因为留在记忆中的死亡应当像一面镜子一样，告诉我们生命不过是一口气，信任它便是错误。那么我就立下我的遗嘱；像一个缠绵床榻的病人，饱历人世的艰辛，望见天堂的快乐，可是充满了痛苦的感觉，不再像平日一般紧握着世俗的欢娱，我以王公贵人应有的风度，把平安留给你和一切善良的人们，把我的财富归还给它们所来自的大地，（向公主）可是我的纯洁的爱火，却是属于你的。现在我已经准备完毕，就要踏上生死的歧途，我等候着最无情的打击。

**安提奥克斯** 你既然不听劝告，那么就请诵读你那注定的命运吧；按照我们的约法，你在读过以后，倘不能解释其中的意义，就必须像这些比你先来的人一样，流下你自己的血。

**公主** 在所有前来尝试的人们当中，我祝你成功，愿你有福！

**配力克里斯** 像一个勇敢的战士，我踏上了比武的围场，除了忠实和勇气之外，我不要求别的思想指导我的行动。（读）

> 我虽非蛇而有毒，
>
> 饮我母血食母肉；
>
> 深闺待觅同心侣，
>
> 慈父恩情胜夫婿。
>
> 夫即子兮子即父，
>
> 为母为妻又为女；
>
> 一而二兮二而一，
>
> 君欲活命须解谜。

这最后一句真是要命的药剂！用无数的天眼洞察人类行为的神明啊！这些读了以后使我勃然变色的怪事要是果然属实，为什么不把你们的眼睛永远闭上了呢？美丽的明镜，我曾经爱过你，倘不是这灿烂的宝箱里盛满着罪恶，我将继续爱你；可是我必须告诉你现在我的思想叛变了，因为一个堂堂男子要是知道罪恶在门内，是会裹足不前的。你是一个美妙的提琴，你的感觉便是它的琴弦，当它弹奏出钧天雅乐的时候，所有的天神都会侧耳倾听；可是奏非其时，却会发出刺耳的噪音，只有地狱中的魔鬼会和着它跳舞。凭良心说，我对你已经没有一点留恋之情了。

**安提奥克斯**　配力克里斯亲王，如果你珍惜生命，不许碰她的手，因为在我们的约定里也有这么一条，和其余的同样严厉。你的时间已经到了；你倘不能现在就把它解释出来，必须接受你的判决。

**配力克里斯**　大王，很少人喜欢听见别人提起他们所喜欢干的罪恶；要是我对您说了，一定会使您感到大大的难堪。谁要是知道君王们的一举一动，与其把它们泄露出来，还是保持隐秘的好；因为重新揭发的罪恶就像飘风一样，当它向田野吹散的时候，会把灰尘吹进别人的眼里；这就是给那双疼痛的眼睛的一个教训：使它们在飘风过去后，明察四方，设法阻挡那伤害自己的气流。瞎眼的鼹鼠向天筑起圆顶的土丘，表示在地上受到人们的压迫，已经无法安居；这可怜的东西最后仍然因此而死去。君王们是地上的神明，他们的意志便是他们的法律，他们的作恶是无人可以制止的。要是乔武做了坏事，谁敢指斥他一声不是？您只要自己明白，那就够了；丑事传扬开去，更加不可向迩，最适当的办法还是遮掩起来。谁都爱他自己的生命，那么为了保全我的头颅的缘故，让我的舌头不要多言取祸吧。

**安提奥克斯**　（旁白）天哪！我真想要你的头颅；他已经发现那哑谜的意义了；可是我还要跟他敷衍一下。——少年的泰尔亲王，虽然按照我们严格的法令，你的解释要是不符原意，我们就可以结果你的生命；可是因为你是这样一位卓越的人才，我们对你抱着很大的希望，所以特别通融，给你四十天的宽限；要是在这限期之内，你能够把我们的秘密解释出来，你就可以做我的佳婿。在这限期以前，我将要按照我的地位和你的身分，给你优渥的礼遇。（除配力克里斯外均下。）

**配力克里斯**　殷勤的礼貌把罪恶掩盖得多么巧妙！正像一个伪君子一样，除了一副仁义的假面具以外，便没有一毫可取的地方。要是我果然解释错了，那么你当然不会是那样的坏人，因贪淫而出卖你的灵魂；可是现在你是父亲又是儿子，因为你非礼拥抱了你的女儿，而那种快乐，原是应该让丈夫而不是让父亲享受的；她是吃她母亲血肉的人，因为她玷污了她母亲的枕席；两人都像毒蛇一样，虽然吃的是芬芳的花草，它们的身体内却藏着毒液。安提奥克，再会吧！因为智慧告诉我，凡是能够动手干那些比黑夜更幽暗的行为而不知惭愧的人，一定会不惜采取任何的手段，把它们竭力遮掩。一件罪恶往往引起第二件，奸淫和杀人正像火焰和烟气一样互相联系。毒药和阴谋是罪恶的双手，是犯罪者遮羞的武器；为了免得我的生命遭人暗算，我要赶快逃出这危险的陷阱。（下。）

　　　　　安提奥克斯重上。

**安提奥克斯**　他已经发现那哑谜的意义，所以我一定要取下他的首级。我不能让他活在世上，宣扬我的丑事，告诉世人安提奥克斯犯着这样可憎的罪恶；所以这位亲王必须立刻就死，因为只有他死了，我的名誉才可以保全。喂，来人！

　　　　　泰利阿德上。

**泰利阿德**　陛下有什么吩咐？

**安提奥克斯**　泰利阿德，你是我的心腹之人，我所筹划的一切秘密行动，向来都是付托给你的。我知道你忠实可靠，正准备提拔你。泰利阿德，瞧，这儿是毒药，这儿是金子；泰尔亲王是我的仇人，你必须替我杀死他。你不用问我什么理由，因为这是我的命令。说，你愿意不愿意干这件事？

**泰利阿德**　陛下，我愿意。

**安提奥克斯**　很好。

　　　　　　　　一使者上。

**安提奥克斯**　你这样气喘吁吁的，有些什么要紧的消息？

**使者**　陛下，配力克里斯亲王逃走了。（下。）

**安提奥克斯**　（向泰利阿德）赶快替我追去；像一个百发百中的老练的射手一样射中眼睛所瞄定的目标；你要是不把配力克里斯亲王杀死，你也不用回来见我了。

**泰利阿德**　陛下，只要我手枪的射程能够达到他，不怕他逃到哪儿去。小臣就此告辞了。

**安提奥克斯**　泰利阿德，再会！（泰利阿德下）配力克里斯一天不死，我的心就一天不得安。（下。）


# 第二场　泰尔。宫中一室

　　　　　　　　配力克里斯上。

**配力克里斯**　（向室外）不要让什么人进来打扰我。——为什么我的思想变得这样阴沉，眼光迷惘的忧郁做了我的悲哀的伴侣、长期的宾客，在白昼光荣的行程中，在埋葬了忧愁的平和的黑夜中，没有一小时能够使我得到安宁？各种娱乐陈列在我的眼前，我的眼睛却避过它们；我所恐惧的危险是在安提奥克，它的太短的手臂打不到我的身上，可是快乐既不能鼓起我的兴致，远离的危险也不能给我一点安慰。人们因为一时的猜疑而引起的恐惧，往往会由于忧虑愈形增长，先不过是害怕可能发生的祸害，跟着就会苦苦谋求防止的对策。我的情形也正是这样：威力巨大的安提奥克斯是一个想到什么就做到什么的人物，渺小的我绝不是他的对手，虽然我发誓保持缄默，他也一定以为我会泄露他的秘密；要是他疑心我会破坏他的名誉，即使我对他说我怎样尊敬他也没有用处；为了防止他的可耻的隐事被人知晓，他一定会竭力阻止流言的传播。他将要率领敌意的军队满布在我们的国土之上，用煊赫的军容震惊我们的国人，使我们的兵士望风胆裂，不战而屈，使我们无辜的臣民惨遭荼毒：我自己一身的安危不足惜，像树木的叶顶一般，我的责任只是隐覆庇护那伸入土中的根株；我所关怀的是我的人民的命运，我的身体和心灵因为忧虑他们而悲伤憔悴，他还没有惩罚我，我已经给自己难堪的惩罚了。

赫力堪纳斯及其他臣僚等上。

**臣甲**　愿快乐和安宁充塞殿下的圣心！

**臣乙**　愿殿下平和安乐，早日归来！

**赫力堪纳斯**　算了，算了！让我这有年纪的人说几句话吧。向国王献媚的人，其实是在侮辱他；因为谄媚是簸扬罪恶的风箱，佞人的口舌可以把星星之火煽成熊熊的烈焰；正直的规谏才是君王们所应该听取的，因为他们同属凡人，不能

没有错误。当善于逢迎的小人佞谈平安的时候，他只是向
殿下讨好，其实却危及您的生命。殿下，原谅我，要是您
以为我说的不对，该骂该打，都随殿下的便，我愿意跪在
地上，等候您的发落。

**配力克里斯**　别人都出去吧，替我探听探听我们的港里有些什么
　　　　船只要出口，探听明白以后，再回来见我。（群臣下）赫
　　　　力堪纳斯，你的话很使我生气；你看我的脸上有些什么？

**赫力堪纳斯**　满脸的怒容，殿下。

**配力克里斯**　要是君王的脸上会发出这样可怕的怒容，你怎么敢
　　　　鼓唇弄舌，当着我的面前激怒我？

**赫力堪纳斯**　草木是靠着上天的雨露滋长的，但是它们也敢仰望
　　　　穹苍。

**配力克里斯**　你知道我有权力取去你的生命。

**赫力堪纳斯**　（跪）我已经自己把斧头磨好了；请殿下把我砍
　　　　了吧。

**配力克里斯**　起来，起来，请坐。你不是一个谄媚的小人。我谢
　　　　谢你；君王们要是专爱听那些文过饰非的谀辞，那才是
　　　　上天所不容的事！你是一个君王的良好的顾问和仆人，
　　　　你的智慧使你的君王乐于接受你的教诲，告诉我你要我怎
　　　　么做？

**赫力堪纳斯**　耐心忍受您加在自己身上的种种忧愁。

**配力克里斯**　你说这样的话，赫力堪纳斯，就像一个医生替病人
　　　　调了一服他自己咽下去也要战栗的药。听我说吧。我这次
　　　　到安提奥克去，你也知道是冒着生命的危险，追求一位绝
　　　　世的美人，希望因此可以产生一个不同凡俗的佳儿，将来

泰尔亲王配力克里斯

成为国家的干城，民众的福星。她的脸在我的眼中看来是超乎一切的神奇；可是她的此外的一切，让我凑着你的耳朵告诉你，是像犯着乱伦重罪的人一般黑暗的。当我发现了这一个秘密以后，那罪恶的父亲非但没有恼羞成怒，反而对我装出一副和颜悦色的样子；可是你知道，当暴君假意向人亲密的时候，是最应该戒惧提防的。我越想越怕，所以就借着黑夜的掩护，逃了回来。现在虽然总算脱离虎口，可是回想已过去的种种，推测未来可能的变化，心里还是惴惴不安。我知道他是个暴君；暴君的猜疑不仅不会消失下去，而是会每时每刻飞速增长。他一定在疑心我会向世人宣布多少尊贵的王子流下了他们的血，为的是好让他安然在他那污邪的眠床上恣纵着淫乐；为了扫除这一层猜疑，他将要借口我在什么地方得罪了他，向我们的国土大举兴师。无情的战争是不会豁免无辜的，为了我一个人的错处，累得全国的人民受苦，这一种不忍之心——

**赫力堪纳斯**　唉，殿下！

**配力克里斯**　使我终夜不能合眼，我的颊上因此而失去血色，我的心头因此而充满沉思，无数的疑虑占据我的脑际，我不知道怎样可以预先阻止这一场暴风雨的袭来；我既然无法拯救我的人民，就只好为他们而悲伤了。

**赫力堪纳斯**　好，殿下，您既然允许我说话，我就要坦白地表示我的意见。您怕的是安提奥克斯，我想您害怕这暴君是有充分的理由的，他可以用公开的战争或是秘密的阴谋取去您的生命。所以，殿下，您还是到国外去游历几时吧，等他的怒气平息，或是他的寿命终了以后，再回来不迟。您的政务可以委托什么人代理；要是您愿意信托我的话，我一定会尽心竭力，像白昼对光明一般忠实。

**配力克里斯**　我并不怀疑你的忠心；可是我去国以后，他会不会来侵犯我的权利？

**赫力堪纳斯**　我们一定同心协力，用我们的赤血捍卫生长我们的国土。

**配力克里斯**　泰尔，现在我要和你暂时分别，向塔萨斯开始我的行程了；我将要在那边听到你的消息，决定我今后的行动。赫力堪纳斯，我过去和现在对臣民福利的关怀，如今都付托给你了，你的智慧的力量一定可以担负这样的责任。我相信你的话，你无须向我发誓。因为不惜食言的人也会把约誓撕得粉碎。我们却将忠贞不变，像星宿安处在各自的轨道里，使时间永远不能推翻以下的真理：你是一个忠心的臣子，我是一个诚笃的君王。（同下。）

# 第三场　同前。宫中应接室

*泰利阿德上。*

**泰利阿德**　这就是泰尔，这就是亲王的宫廷。我必须在这儿把配力克里斯亲王杀死；要不然的话，我回去一定要被吊死，这可不是玩儿的。从前有一个人得到国王的准许，可以有所请求，他说：他的唯一愿望，是不要与闻国王的任何秘密。这个人倒真聪明，真有见识！现在我明白他这种愿望是确有理由的；因为要是一个国王叫一个人做恶人，为了

恪守一个臣子尽忠的誓言，他只好做一个恶人。嘘！这儿
来了一群泰尔的官员。

赫力堪纳斯、爱斯凯尼斯及其他臣僚等上。

**赫力堪纳斯**　各位同僚，你们不必追问我王上为什么突然离国，
他留给我的密封的委任状，可以充分说明他是去旅行的。

**泰利阿德**　（旁白）怎么！那亲王走了！

**赫力堪纳斯**　但是既然他未容你们略表忠爱之心就离去了，如果
你们还想进一步知道内情，我也可以略为告诉你们一点。
当他在安提奥克的时候——

**泰利阿德**　（旁白）在安提奥克？

**赫力堪纳斯**　尊严的安提奥克斯不知道为了什么缘故，对他有些
不满，至少他自己是有那样的感觉；他深恐自己已经犯下
了什么错误，为了忏悔他的罪过起见，才决意在海上漂流，
挨受着每一分钟的风波的危险。

**泰利阿德**　（旁白）啊，我想我现在可以不至于被吊死了，他虽然
逃过了陆地上的灾难，免不了要在海上丧身；我们的王上
听见这个消息，一定会很高兴的。让我上前去见见他们。
（高声）泰尔的各位大人，愿你们平安！

**赫力堪纳斯**　安提奥克斯大王御前的泰利阿德大人，欢迎！

**泰利阿德**　鄙人奉敝国国王之命，来见尊贵的配力克里斯亲王殿
下；可是我到了贵国境内，就听说你们的王上已经出国漫
游，踪迹不明，这样看来，我必须仍旧带着我的使命回
去了。

**赫力堪纳斯**　您的使命既然是传达给我们的王上，不是给我们的，
我们也没有理由要求您向我们说明您的来意。可是在您没

144

有动身回国以前，请您允许我们以贵国友人的资格，在泰尔举行一次欢宴招待您。（同下。）

# 第四场　塔萨斯。总督府中一室

克里翁，狄奥妮莎及侍从等上。

**克里翁**　我的狄奥妮莎，我们要不要在这儿休息一下，讲些别人的悲惨的故事，看它能不能使我们忘记自己的哀伤？

**狄奥妮莎**　那就等于为了灭火而吹火；谁想要把高山掘为平地，当一座山推倒以后，另一座山又已经堆了起来。我的受难的夫君啊！我们的悲哀也正是这样；我们现在所感到的悲哀还算不了什么，可是当我们的心头再堆上别人的悲哀的时候，它更要感到不胜重压了。

**克里翁**　啊，狄奥妮莎，哪一个枵腹的人不嚷着要求食物，甘心忍受着饥饿而死去呢？我们的舌头要把我们的悲哀向太空申诉，我们的眼睛要淌下滚滚的热泪，使我们的悲声格外凄切；要是昏睡的上天不知道下民的困苦，我们要用这样的哀诉唤醒他们，请求他们的垂怜拯救。所以我要把这几年来的艰辛尽情倾吐，当我力竭声嘶的时候，便用眼泪代替我的申诉。

**狄奥妮莎**　我也要尽力帮助你，夫君。

**克里翁**　我所统治的这一座塔萨斯城，原本是繁华富庶的都市，街道上到处满布着财富；它的高耸的尖塔上吻云霄，引得远方的旅客惊奇嗟叹；它的仕女们一个个装束得华丽俊雅，互相作为争奇斗艳的借镜；他们的食桌上摆满了各色的奇珍异馔，使看见的人目迷五色，忘记了腹中的饥饿；他们不知道贫穷为何物，他们是这样的骄傲，从不会向别人开口求助。

**狄奥妮莎**　啊！正是这样。

**克里翁**　可是瞧上天给了我们怎样的灾祸！自从经过了这次变故以后，本来那些得天独厚、海陆空中所有的珍馐都不能使它们餍足的嘴，现在却像长久无人居住的荒废的旧屋一样，在那里嗷嗷待哺了；那些在二年以前嗜新好异的口胃，现在是只要能够讨到一片面包也就十分快慰了；那些不惜访寻人间希有的珍品饲育她们的婴儿的母亲，现在都在准备吃下她们所钟爱的小宝贝了。饥饿的利齿是这样锋锐，相依为命的夫妇都不能不抽签决定谁先死去，好让他们当中的一个多活几天。这儿站着一个流泪的贵人，那儿站着一个哭泣的贵妇；多少人倒毙路旁，那眼看他们死去的人，自己也都是奄奄一息，没有一丝残余的气力可以替他们埋葬。这不是真确的事实吗？

**狄奥妮莎**　我们瘦削的面颊和凹陷的眼眶可以证明它的真实。

**克里翁**　啊！让那些安享着丰饶繁荣的城市听一听我们的哀泣吧；塔萨斯的灾祸也许有一天会同样降临在它们身上。

　　　　　一官员上。

**官员**　总督大人在哪儿？

**克里翁**　这儿。你这样急急忙忙的，一定又带了什么坏消息来啦；说吧，因为我们现在再也盼不到安慰了。

**官员**　我们在邻近的海岸上，望见一队壮丽的船舶正在向我们这儿开驶过来。

**克里翁** 果然不出我的所料。福无双至，祸不单行；我们的天灾还没有完结，人祸却又接踵而来。多半是什么邻国看见我们遭到这样的苦难，认为有机可乘，所以装运了满船的甲兵，要来摧毁我们这不堪一击的城市，使不幸的我屈服于他们的威力之下，虽然这样的征伐是虽胜不武的。

**官员** 那您可以无须忧虑；因为他们的船上都扯起白旗，这表示他们是来作和平的访问，不是来作我们的敌人的。

**克里翁** 你说得完全像一个不通世故的人；愈是表面上装得彬彬有礼的，他的心里愈是藏着不可捉摸的奸诈。可是不管他们存着什么居心，或是能够怎样摆布我们，我们何必惧怕呢？我们现在的处境，也就差不多到了不幸的极端了。你去对他们的首领说，我们在这儿恭候着他的大驾，请问他是从什么地方来的，来此有什么目的。

**官员** 我就去，大人。（下。）

**克里翁** 要是他的来意是和平，那当然是欢迎的；要是他的来意是战争，那我们也没有力量抵抗他。

配力克里斯及侍从等上。

**配力克里斯** 听说阁下便是这儿的总督，请不要让我们的船只和人众像一把燃起的烽火一般使你们惊心骇目。我在泰尔就听到你们的灾祸，如今又看见你们的街道是一片荒凉；我们并不是来增加你们的悲哀，而是来解除你们的困苦；也许你以为我们这些船只就像特洛亚的木马一般，满装着杀人的战士，其实它们所载运的，却是供给你们急需的粮食，使那些濒于饿死的人们重新得到生命。

**众人**　希腊的神明护佑你！我们为你祈祷长生！

**配力克里斯**　起来，请起来吧；我并不希望你们向我膜拜敬礼，我只要求你们的友谊，让我自己、我的船只和我的随从众人在这儿有一处安身的所在。

**克里翁**　谁要是不愿满足您这样的要求，或是存着丝毫忘恩负义的心思，无论那是我们的妻子、我们的子女或是我们自己，愿天上和人间的咒诅降临在他们的身上，惩罚他们不可恕的罪恶！可是我希望永远不会有这样的事情发生。请殿下接受我们诚意的欢迎吧。

**配力克里斯**　敢不领情。我们就在这儿小作盘桓，等候我们的命运回嗔作喜。（同下。）

# 第二幕

老人上。

好一个赫赫的君主，
奸通他自己的爱女；
另一位贤明的亲王，
遭遇也是异乎寻常。
诸位暂请宽心忍耐，
等他一旦否极泰来，
好一似失马的塞翁，
将土阜换一座高峰。
我赞颂的那位俊士，
言行都是毫无瑕疵，
那受恩的塔萨斯人
钦仰他的智慧才能，

为他筑起一尊雕像，

旌表他的功德无量。

可叹的是好景须臾，

又来了故国的音书。

　　哑剧：配力克里斯及克里翁各率侍从自一旁上，二人
　　谈话。一朝士自另一门上，以一书致配力克里斯；配力克
　　里斯以信示克里翁，犒赏使者，授以骑士封号。配力克里
　　斯、克里翁等各下。

善良的赫力堪纳斯，

他把国事努力支持，

不学那懒惰的游蜂，

贪享着他人的成功；

奖拔贤良，诛锄暴恶，

不负他主人的付托；

一切事务不论大小，

他都报与君王知道：

他说那暴君的来使

怎样图谋向他行刺，

为了他生命的安全，

莫再在塔萨斯流连。

因此上他再涉重洋，

去冲冒那惊涛骇浪；

果然是海无一日安，

一阵狂风吹下云端，

一声声的霹雳轰鸣，

应和着怒潮的沸腾，

经不起颠簸的船只，

早被打得四分五裂。

这君王他随波逐流，

在海面上载沉载浮；

是他命中不该遭难，

被浪花卷上了沙滩，

囊空如洗，举目无亲，

只剩下孑然的一身。

要知道以后的情形，

请列位再接看下文。（下。）


# 第一场　　潘塔波里斯。海滨旷地

配力克里斯满身濡湿上。

**配力克里斯**　天上的星辰啊，停止你们的愤怒吧！风雨雷电的神灵，请你们记着，尘世的凡人在你们的神威之下是无能为力的，我这脆弱的身心唯有对你们俯首降服。唉！海水曾经把我冲在岩石上，从一处海岸卷到另一处海岸，留下我这仅余残喘的一身，除了一死而外，再没有其他的想望。你们已经使一个君王失去他所有的一切，这就足够表现你们力量的伟大了；你们既然不让他葬身鱼腹，他的唯一的要求，只是让他在这儿得到一个安静的死。

三渔夫上。

**渔夫甲**　喂，喂！毕契！

**渔夫乙**　嘿！来把网收了。

**渔夫甲**　喂，巴契！我对你说。

**渔夫丙**　你怎么说，老大？

**渔夫甲**　瞧你在干些什么！快来，不然我可要死劲把你拖走了。

**渔夫丙**　不瞒你说，老大，我正在想起那些刚才就在我们面前被海水卷去的可怜的人们哩。

**渔夫甲**　唉！可怜的人们！我听到他们向我们喊救的声音，心里真是难受，可惜我们自己顾自己还来不及，哪里还顾得到他们。

**渔夫丙**　呃，老大，当我看见那海豚跳跃打滚的时候，我不是也这样说过吗？人家说它们一半是鱼，一半是肉；该死的东西！我一看见它们来了，就知道免不了又有一场风浪。老大，我不知道那些鱼在海里是怎么过活的。

**渔夫甲**　嘿，它们也正像人们在陆地上一样；大的拣着小的吃，我们那些有钱的吝啬鬼活像一条鲸鱼，游来游去，翻几个觔斗，把那些可怜的小鱼赶得走投无路，到后来就把它们一口吞下。在陆地上我也听到过这一类的鲸鱼，他们非把整个的教区、礼拜堂、尖塔、钟楼和一切全都吞下，是决不肯闭上嘴的。

**配力克里斯**　（旁白）巧妙的比喻！

**渔夫丙**　可是老大，要是我做了教堂里的当差，那一天我一定预先躲在钟楼里。

**渔夫乙**　为什么，伙计？

**渔夫丙**　因为他一定会连我吞了下去；等我一到了他的肚里，我就把钟乱敲乱撞起来，闹得他把钟楼、尖塔、礼拜堂和教区一起呕出来。可是我们这位好王上西蒙尼狄斯要是也像我一样心思的话——

**配力克里斯**　（旁白）西蒙尼狄斯！

**渔夫丙**　我们一定要把这些掠夺工蜂酿成的花蜜的游蜂一起扫除干净。

**配力克里斯**　（旁白）这些渔夫们借着海中的水族做题目，把人类的弱点影射得多么恰当；他们从茫茫大洋里悟透的道理，可以鉴别人类的善恶，使朱紫立分！（高声）愿你们在工作中得到平安，诚实的渔夫们！

**渔夫乙**　诚实！好人儿，那是什么东西？要是今天是你的好日子，请你把它从日历上抹掉吧，像这样的日子谁也不稀罕。

**配力克里斯**　你们可以看得出来，我是被潮水冲到你们这儿的海滨来的。

**渔夫乙**　这海是个喝醉了的酒鬼，所以才把你呕吐在我们这儿。

**配力克里斯**　我就像一颗被天风海水在那广大的网球场上一来一往地抛掷的球儿，请求你们的怜悯；虽然我是从来不会向人乞讨的。

**渔夫甲**　啊，朋友，你不会向人乞讨吗？在我们希腊国里，靠讨饭过活的人，着实比我们这些做工的人舒服得多哩。

**渔夫乙**　那么你也不会捉鱼吗？

**配力克里斯**　我从来没有干过这种活儿。

**渔夫乙**　那你只好挨饿了；因为在现在的世界上，你要是不能设法叫人上钩，是什么也不能得到的。

**配力克里斯**　我已经忘记我的过去，可是穷困使我想到我现在的处境：寒冷充满了我的全身，我的血管已经冻结，我的僵硬麻木的舌头简直连向你们求救的呼声都发不出来了；要是你们不肯给我援助，那么当我死了以后，请你们看在同属人类的份上，把我的尸体埋了。

**渔夫甲**　你说死吗？不，天神禁止这样的事！我有一件袍子在这儿；来，穿上了，暖一暖你的身体。嘿，好一个漂亮的家伙！来，你跟我们回去吧，我们假日吃肉，斋日吃鱼，还有布丁和煎饼；你尽管安心住下好了。

**配力克里斯**　谢谢你，大哥。

**渔夫乙**　喂，朋友，你说你不会乞讨。

**配力克里斯**　我只是请求。

**渔夫乙**　只是请求！那么我也去学学请求好了，免得要吃一顿鞭子。

**配力克里斯**　怎么，你们国里的乞丐都要挨鞭子吗？

**渔夫乙**　都挨鞭子？哪里有这种事，老兄？要是所有的乞丐都挨鞭子，我就只想当警官，其他什么好差使都不要了。走吧，我去把网收起来。（与渔夫丙同下。）

**配力克里斯**　（旁白）这些劳动人民的笑话多么有风趣！

**渔夫甲**　听着，朋友，你知道你在什么地方吗？

**配力克里斯**　不大知道。

**渔夫甲**　我告诉你吧：这儿是潘塔波里斯，我们的国王是善良的西蒙尼狄斯。

**配力克里斯**　你们把他称为善良的国王西蒙尼狄斯吗？

**渔夫甲**　嗯，朋友；因为他治国和平，庶政清明，这样的称呼是名副其实的。

**配力克里斯**　他是一个幸福的国王，因为他的治国能够从他人民的嘴里博得善良的名称。他的宫廷离这儿海滨有多远呢？

**渔夫甲**　呃，朋友，只有半天的路程。我告诉你，他有一个美貌的女儿，明天是她的生日；无数的王子和骑士都要从全世界各处到来，为了争取她的爱情而比赛武艺。

**配力克里斯**　要是我的命运可以帮助我达到我的愿望，我倒也想参加一试。

**渔夫甲**　啊！朋友，万事只好听其自然，不可强求——

渔夫乙、渔夫丙曳网上。

**渔夫乙**　帮帮忙，老大，帮帮忙！这网里有一条鱼，就像穷人的权利落入法网一般，尽翻也翻不出来。嘿！他妈的，你到底掉下来啦，原来是一副锈甲。

**配力克里斯**　一副甲，朋友们！请你们让我瞧一瞧。命运之神啊，谢谢你，使我在经过这一切横逆以后，总算得到一些补偿，虽然它本来是属于我的，是我家世代相传的遗物。我父亲临终的时候把它传给了我，再三叮咛着说，"好好保存着它，我的配力克里斯，它曾经是保卫我的生命的屏障；"他指着这副甲胄说，"因为它曾经搭救过我，你要把它保存好了；万一你在危急的时候——愿神明护佑你不会有那么一天！——它也可以同样保卫你。"我无论到什么地方，总是把它随身携带，我是那样深爱着它。对任何人绝不容情的凶恶的怒海虽然夺了它去，可是在风平浪静以后，仍旧把它归还原主。谢谢你；我的覆舟之难现在不再是一件灾祸，因为我父亲的遗物依然完好。

**渔夫甲**　你在说些什么，朋友？

**配力克里斯**　善心的朋友们，我要向你们乞讨这一副贵重的甲胄，因为它过去曾经是一个君王的护身之物；从这记号上我能够辨认清楚。他是非常爱我的，为了他的缘故，我希望把它保藏起来。我还要求你们带领我到你们王上的宫廷里去，让我穿上这一副甲胄，向众人表明我是一个出身华族的人；要是我的不幸的命运有了转机，我一定重重报答你们的大恩；在我这报恩的心愿一天没有达到以前，我一天不会忘记你们。

**渔夫甲**　什么，你也要为了那公主去参加比武吗？

**配力克里斯**　我要显一显我的武艺。

**渔夫甲**　啊，那么你拿去吧；愿天神赐福于你！

**渔夫乙**　嗯，可是听着，我的朋友；是我们把这件衣服从汹涌的海潮中间打捞起来。出了力总该有些酬劳；我希望，先生，您要是得意的话，不要忘记您得到这一场富贵的根源。

**配力克里斯**　放心吧，我一定记着你们。幸亏你们的帮忙，我才穿起了武装；此外，我臂上的这颗宝珠，在海涛汹涌里仍然没有失落。我要用它去买一匹神骏的良驹，它的轻捷的逸步将会使旁观者目眩神夺。不过，我的朋友，我还缺少一件罩袍。

**渔夫乙**　我们一定替你置办；我的最好的外衣可以给你改成一件袍子，我还要亲自领你到宫廷里去。

**配力克里斯**　愿我能取得我所向往的荣誉；这一去啊，我倘不能平步青云，怕从此要困顿终身。（同下。）

# 第二场　同前。通衢。有露台通比武场。旁设天幕，为国王、公主、贵妇、大臣等列座之处

西蒙尼狄斯、泰莎、群臣及侍从等上。

**西蒙尼狄斯**　那些骑士们准备开始他们耀武的游行没有？

**臣甲**　启禀陛下，他们早已准备好了，专等陛下驾到，就来参见。

**西蒙尼狄斯**　你去回复他们，我们在这儿等着；今天的检阅是为了庆祝我的女儿的生辰，她坐在这儿，像一尊妙龄美貌的女神，造化生下她来，就是要让人们瞻仰赞叹。（臣甲下。）

**泰莎**　父王，您老是喜欢把我夸奖得言过其实。

**西蒙尼狄斯**　那是应该如此的；因为君王们具备上天的品德，为人伦的仪范；正像珠宝因为被人漠视而失去它们的光彩一样，君王们要是不为人民所尊敬，也会失去他们的荣誉。现在，女儿，你必须替我解释每一个骑士所用标识的涵意。

**泰莎**　为了免得让您失望，我愿意尽心向您说明一切。

一骑士上，穿过舞台，其侍从以盾呈示公主。

**西蒙尼狄斯**　这第一个出场的是个什么人？

**泰莎**　一个斯巴达的骑士，我的父亲；他的盾牌上的图样，是一个向太阳伸手的黑人，铭语是，"尔之光使余得生。"

**西蒙尼狄斯**　他很爱你，把你当作他的生命。（第二骑士过场）这第二个出现的是什么人？

**泰莎**　一个马其顿的王子，我的父王；他的盾牌上的图样，是一个披甲的骑士被一个女郎所制服，上面还有西班牙文的铭

语，"唯美色为能制天下之至刚。"（第三骑士过场。）

**西蒙尼狄斯**　第三个是什么人？

**泰莎**　他是从安提奥克来的；他的图样是一个骑士的彩冠，铭语
是，"造光荣之极峰。"（第四骑士过场。）

**西蒙尼狄斯**　第四个是怎样的？

**泰莎**　一把倒置的灼亮的火炬，铭语是，"使余燃烧，使余毁灭。"

**西蒙尼狄斯**　这表示美貌有它的权力和意志，可以激起热情，也
可以致人于死。（第五骑士过场。）

**泰莎**　第五个是一只从云中探出的手，擎着一块被试金石试过的
黄金，铭语是这样的，"忠心者亦若是。"（第六骑士即配力
克里斯过场。）

**西蒙尼狄斯**　那第六个也就是最后一个，不带侍从，温文有礼的
骑士是谁？

**泰莎**　他似乎是一个外邦人；他的标识是一梗枯枝，只有梢上微
露青色，铭语是，"待雨露而更生。"

**西蒙尼狄斯**　巧妙的句子；他希望从他现在这种潦倒的境地里，
靠着你的力量而走上幸运之途。

**臣甲**　他的外表实在叫人不敢恭维；照他这副寒伧的样子看起来，
似乎他是挥惯鞭子，不像是抢枪弄剑的。

**臣乙**　他看来是个外邦人，否则不会穿着这样古怪的装束，来参
加今天的光荣的行列。

**臣丙**　他有心让他的甲胄生了锈，为的是今天在尘土里摔几跤，
可以磨得亮一些。

**西蒙尼狄斯**　我们不能凭着自己的成见，从外表上判断一个人的
内心。可是且住，骑士们来了；让我们到楼座上去吧。（同

下。喧呼声，众喊，"好啊，寒酸的骑士！"）

# 第三场　同前。大厅。陈设酒席

西蒙尼狄斯、泰莎、司仪官、贵妇、廷臣、比武归来
之众骑士及侍从等上。

**西蒙尼狄斯**　各位骑士们，承你们远道光临，不用说我们是万分
欢迎的。我也不必把你们的武艺大笔特书，记载在你们的
表功簿上，因为每一种真才实艺，它本身都可以彪炳在世
人的耳目之前。你们都是王族后裔，我的席上的嘉宾，今
天难得大家聚首一堂，希望诸位尽情畅快一下。

**泰莎**　可是你是我的骑士和宾客；我替你加上这一顶胜利的花冠，
使你成为今天的幸福的君王。

**配力克里斯**　公主，这不过是一时侥幸，我不敢贪天之功。

**西蒙尼狄斯**　随你怎么说，今天的胜利是属于你的；我希望这儿
没有人妒嫉你的幸运。一个本领超群的人，必须在一群劲
敌之前，方才能够显出他的不同凡俗的身手；你已经证明
是这样一个人了。来，女儿，你是这宴会席上的女王，在
你自己的座位上坐下来吧；各人都依照他们的身分，引导
他们按序入席。

**众骑士**　西蒙尼狄斯贤王的盛意使我们感到莫大的光荣。

**西蒙尼狄斯**　你们的光降是我平生的一件快事。我爱的是荣誉，
厌弃荣誉的人，也就是厌弃天神。

**司仪官**　壮士，您的座位在那边。

**配力克里斯**　不敢当，请另外那一位来吧。

**骑士甲**　不必推让，壮士；我们都不是市井小人，断不会在心头
　　或是眼色之间，流露出妒嫉贤能、蔑视贫贱的情绪来的。

**配力克里斯**　你们都是很有礼貌的骑士。

**西蒙尼狄斯**　请坐吧，壮士，请坐吧。

**配力克里斯**　主管人类思想的乔武大神呀，我只要一想起她，便
　　觉得这些佳肴盛馔，都变成淡而无味。

**泰莎**　（旁白）支配人世婚姻的朱诺天后呀，无论什么食物，在我
　　嘴里都失去了味道，我恨不得把他一口咽下去。——他真
　　是一个风流的壮士。

**西蒙尼狄斯**　他不过是一个出身田野的骑士，他的本领并不比别
　　人高强多少；打断一两支枪杆算得什么？

**泰莎**　在我看来，他就像金刚钻一样，和凡俗的玻璃不可同日
　　而语。

**配力克里斯**　那位国王的仪表很像我的父亲，使我回想起他当年
　　也是同样的煊赫；列邦的君主像众星一般拱卫在他的宝座
　　的四周，他就是为他们所朝拜敬礼的太阳；无论什么人站
　　在他的面前，都会变成黯淡的微光，向他那灿烂的威焰免
　　冠臣服。可是现在他的儿子却像夜间的萤火，只在黑暗之
　　中吞吐着微弱的光辉，在光天化日之下就要焰销影灭。从
　　此可以知道时间是世人的君王，他是他们的父母，也是他
　　们的坟墓；他所给与世人的，只凭着自己的意志，而不是
　　按照他们的要求。

**西蒙尼狄斯**　各位骑士们，你们都快乐吗？

**骑士甲**　我们多蒙陛下宠待，幸陪末座，怎么会不快乐？

**西蒙尼狄斯**　这杯酒斟得满满的，正像你们的心中充满了爱情，让我用它来敬祝诸位健康！祝你们各位健康！

**众骑士**　多谢陛下。

**西蒙尼狄斯**　且慢，坐在那边的骑士，瞧上去郁郁不乐，好像我们今天宫中的盛宴，还辱没了他的身分似的。泰莎，你没有注意到吗？

**泰莎**　那跟我有什么相干，我的父亲？

**西蒙尼狄斯**　啊！听着，我的女儿；人世的君王应当像天上的神明一样，慷慨地把一切给与每一个向他们朝礼的人；否则他们只是一些徒有虚声的蚊蚋，死了也不过博得人们几声轻蔑的嗟叹。所以为了使他的脸上露出一些笑容起见，我命令你为他喝这一杯祝酒。

**泰莎**　唉！我的父亲，我怎么可以向一个陌生的骑士这样大胆呢？他也许会嗔怪我的冒昧，因为男子对于妇女自动的呈献，往往会认作失礼的。

**西蒙尼狄斯**　怎么！照我吩咐你的去做，否则你就要惹我生气了。

**泰莎**　（旁白）凭着神明起誓，这正中我的下怀。

**西蒙尼狄斯**　你再对他说，我要问问他是什么地方来的，叫什么名字，他的家世怎样。

**泰莎**　壮士，我的父王向您祝饮了。

**配力克里斯**　多谢他的盛情。

**泰莎**　愿您的热血像这杯里的酒一般洋溢。

**配力克里斯**　我谢谢他，也谢谢您；让我回敬他这一杯。

**泰莎**　他还要请问您贵乡何处，尊姓大名，家世如何。

**配力克里斯**　我是泰尔的士族，配力克里斯是我的名字；在文学、武艺两方面，都受过相当的教养。因为抱着向广大的世间探奇历险的心愿，不幸在汹涌的海上丧失了船只和随从，自己被风浪卷逐到这里的海滨。

**泰莎** 他谢谢陛下；说他的名字叫做配力克里斯，一个泰尔的士族，因为遭遇海上的风波，丧失了船只随从，被浪涛卷到了这里的海滨。

**西蒙尼狄斯** 凭着神明起誓，我很同情他的不幸，愿意为他排解愁闷。来，各位骑士，我们把太多的时间浪费在枯坐之中了，让我们用其他的娱乐畅快一下。即使照你们现在这样全身甲胄，也很适宜于作军人舞蹈的。我不要听你们的推托，说什么妇女的耳朵听不惯喧嚣的音乐，因为她们谁都喜爱武装的男子。（众骑士跳舞）这是一个很好的建议，看他们跳得多么热闹。来，壮士；这儿有一位女郎，她也要舒展一口闷气；我常常听人家说，你们泰尔的骑士都是最善于陪娘儿们跳舞的。

**配力克里斯** 只有惯于此道的人，陛下，才有这样的本领。

**西蒙尼狄斯** 啊！你这样谦虚我们是不能答应的，请跳吧。（众骑士及众贵妇合舞）放手，放手；谢谢你们各位；你们全都跳得很好，（向配力克里斯）可是你跳得最好。童儿们，拿火来，送这些骑士们各自到他们的宿处安息！壮士，我已经吩咐他们就在我自己寝室的贴邻替你把宿处收拾好了。

**配力克里斯** 我一切听从陛下的旨意。

**西蒙尼狄斯** 各位王子，我知道谈情说爱是你们的目的，可是现在时间太晚了，各人还是回去安息一宵，等明天再来施展身手，试一试你们的运气吧。（同下。）


# 第四场　泰尔。总督府中一室

**赫力堪纳斯**　不，爱斯凯尼斯，听我告诉你：安提奥克斯贪淫纵欲，上干天怒，至高无上的神明因为他犯下这样重大的罪恶，不能再事容忍，所以就在他和他的女儿驾着富丽的宫车出外游玩、炫耀他的无比荣华的时候，降下了一阵天火，把他们的身体烧成一堆可憎的黑灰；那令人掩鼻的臭味，使那些在他们生前崇拜他们的人，到这时候也不肯出一臂之力，帮着把他们埋葬。

**爱斯凯尼斯**　真是不可思议的奇事。

**赫力堪纳斯**　这也是报应昭彰；虽然这位国王势力强大，却逃不过上天的谴责，罪恶必然有它应得的惩罚。

**爱斯凯尼斯**　说得有理。

　　　　　　二三廷臣上。

**臣甲**　瞧，无论在私人谈话或是会议的中间，他总不把别人的意见看重。

**臣乙**　我们的不满已经到了忍无可忍的地步，非得表示一下不可了。

**臣丙**　谁要是不愿采取一致行动的，愿他受永远的咒诅。

**臣甲**　那么跟我来。赫力堪纳斯大人，准许我跟您说句话。

**赫力堪纳斯**　跟我说话吗？很好。早安，各位大人。

泰尔亲王配力克里斯

**臣甲**　我们的不满已经达到极点，现在要像洪水一般横决了。

**赫力堪纳斯**　你们的不满！为着什么？不要对不起你们所爱戴的
君王。

**臣甲**　不要对不起您自己，尊贵的赫力堪纳斯；要是亲王果然尚
在人世，让我们朝见他一面，否则请您告诉我们他的行踪
究在何处。要是他身在世间，我们愿意到处寻访他；要是
他在坟墓之中安息，我们也要探出他的埋骨的所在。他活
着是我们的统治者，死了我们也要为他服丧哀悼，推举别
人继承他的位置。

**臣乙**　他的生死存亡，是我们最感到焦心的一个问题。现在国内
无主，正像堂堂的巨厦没有了屋顶，不久就会倒塌；您对
于治国行政这方面是最熟悉不过的，所以我们愿意推举您
做我们的君主。

**众臣**　万岁，尊贵的赫力堪纳斯！

**赫力堪纳斯**　为了荣誉的缘故，请你们放弃你们的推举；要是你
们是爱配力克里斯亲王的，千万不要这样。假如我接受了
你们的要求，那就等于跳进海水里去，难得有一分钟的宁
静，每一小时都要忍受风波的扰攘。让我请求你们再等候
一年的时间，要是在这一年以后，你们的王上还不回来，
那么我也没办法，只好拼着这年老之身，担负这柄国的重
责。可是我这一番诚意，要是不能使你们屈从的话，那么
我希望你们像忠心的臣子一般，到各处去访寻他的踪迹，
在旅行之中销磨你们的雄才远略；万一你们果然把他找到，
敦劝他回来，你们不朽的功绩，将会像他王冠上的钻石一
样彪炳一世了。

**臣甲**　只有愚人才会拒绝智慧的良言；既然赫力堪纳斯大人这样劝告我们，我们愿意试一试旅行的机遇。

**赫力堪纳斯**　那才显得我们同心同德，让我们紧紧地握手吧：大臣能够这样团结一致，那国家是永远不会灭亡的。（同下。）

# 第五场　潘塔波里斯。宫中一室

西蒙尼狄斯上，读信；众骑士自对方上，相遇。

**骑士甲**　早安，西蒙尼狄斯贤王！

**西蒙尼狄斯**　各位骑士，我的女儿叫我通知你们，在这一年之内，她不预备出嫁。她的理由只有她自己知道，我也没有法子从她嘴里探问出来。

**骑士乙**　我们可不可以见见她，陛下？

**西蒙尼狄斯**　不，万万不能；她已经把她自己幽闭在卧室之中，寸步不出，谁也不能见她。她还要在狄安娜女神的神座之前做一年忠实的信徒；当着那女神的面前，她已经凭着她的处女的贞操，立誓决不毁信了。

**骑士丙**　虽然我们的心头恋恋不舍，可是既然如此，也只好告别了。（众骑士下。）

**西蒙尼狄斯**　好，他们已经被我巧妙地哄走了；现在让我再来看看我女儿的信。她在这儿写着，她决意嫁给那异邦的骑士，否则宁愿终生不见阳光。很好，小姐；我赞同你的选择；那样很好；瞧她说得多么果决，简直不管我愿意不愿意！好，她选得不错；我一定竭力促成他们的好事。且慢！他来了；我现在必须故意试探他一下。

配力克里斯上。

**配力克里斯** 愿一切的幸运降临西蒙尼狄斯贤王！

**西蒙尼狄斯** 愿同样的幸运降临在你身上，壮士！我谢谢你昨夜所奏的妙乐，我的耳朵里从来没有饱聆过这样可喜的曲调。

**配力克里斯** 多蒙陛下谬奖，愧不敢当。

**西蒙尼狄斯** 像足下这样的绝技，真可以称得上一位乐坛巨子了。

**配力克里斯** 我不过是乐神手下一名最拙劣的学徒而已，陛下。

**西蒙尼狄斯** 让我请问你一句话。你觉得我的女儿怎样？

**配力克里斯** 一位最贤淑的公主。

**西蒙尼狄斯** 她也很美丽，不是吗？

**配力克里斯** 正像晴明的夏晨一样无限的美丽。

**西蒙尼狄斯** 不瞒你说，我的女儿非常钦慕你，你必须做她的教师，她愿意做你的学生；所以请你准备着吧。

**配力克里斯** 我是不配做她的教师的。

**西蒙尼狄斯** 她倒不是这样想；你瞧瞧这封信吧。

**配力克里斯** （旁白）这是什么话？一封表示她恋爱泰尔的骑士的信！这一定是国王的狡计，想要借此结果我的生命。——啊！陛下，不要陷害我，我只是一个异乡落难的骑士，对于公主除了尊敬以外，从不敢怀抱非分的爱念。

**西蒙尼狄斯** 你已经迷惑了我的女儿，你是一个恶人。

**配力克里斯** 凭着神明起誓，我没有；我从不曾起过丝毫冒昧的愿想，也从不曾有过任何可以赢取她的爱情或是招致您的不快的行动。

**西蒙尼狄斯** 奸贼，你说谎！

166

**配力克里斯**　奸贼！

**西蒙尼狄斯**　嗯，奸贼。

**配力克里斯**　倘不是因为你是国王，我一定要叫你把这奸贼两字吞下去。

**西蒙尼狄斯**　（旁白）凭着神明发誓，我很佩服他的勇敢。

**配力克里斯**　我的行为正像我的思想一样光明正大，从不曾有过一丝卑劣的成分。我到你的宫廷里来，只是为了荣誉的缘故，不是要来勾引你的女儿叛弃她的地位；谁要是以为我别有用心的，这一柄剑将会证明他是荣誉的敌人。

**西蒙尼狄斯**　你不是这个意思吗？我的女儿来了，她可以证明一切。

　　　　　　　泰莎上。

**配力克里斯**　那么好，您不但聪明，而且贞淑，请您明白告诉您这位发怒的父亲，我有没有向您掉过求爱之舌，或是伸过乞怜之手？

**泰莎**　嗳哟，壮士，即使您有过这样的行为，那正是我所满心乐愿的，什么人会因此而恼怒呢？

**西蒙尼狄斯**　好，姐儿，你竟是这样自信吗？（旁白）我很高兴，很高兴。我要制伏你们；我要使你们俯首听命。——你没有得到我的允许，胆敢把你的爱情倾注到一个不相识者的身上吗？（旁白）虽然我不知道他究竟是个什么人，我总觉得他在血统方面也许跟我同样高贵。（高声）所以，姐儿，你听我说，你必须依顺我的意志；你，足下，你也听我说，你必须服从我的命令，否则我要使你们——成为夫妇。来，来，你们必须用你们的手和嘴唇缔结你们的婚约；这样结合之后，我又要使你们的希望归于毁灭，还要叫你们吃这个苦头——愿上帝给你们快乐！什么！你们两人都很满意吗？

**泰莎**　是的，郎君，要是您爱我的话。

**配力克里斯**　我爱你正像爱我自己的生命和血液一样。

**西蒙尼狄斯**　嘿！你们两人都同意了吗？

**泰莎、配力克里斯**　是的，要是陛下不以为嫌的话。

**西蒙尼狄斯**　我很赞成你们的结合，愿意尽早替你们完成婚事，然后让你们赶快去圆你们的好梦。（同下。）

# 第三幕

老人上。

兴阑人散，梦魂入定，
满屋子一片的寂静；
好一场盛大的婚筵，
把人醉得酣睡如绵。
狸猫圆睁它的眼孔，
在等候着鼠儿出洞；
蟋蟀们在炉前歌唱，
越干渴越唱得嘹亮。
只那许门好不繁忙，
把新人送入了洞房，
说不尽一夜的依偎，
早结下了珠玉灵胎。

泰尔亲王配力克里斯

苦的是俺两片唇儿，

说不完这万结千丝。

　　　哑剧：配力克里斯及西蒙尼狄斯率侍从自一方上；一

　　使者自另一方上，相遇，以书信跪呈配力克里斯；配力克

　　里斯以信示西蒙尼狄斯；众臣向配力克里斯下跪。泰莎怀

　　孕偕利科丽达上；西蒙尼狄斯以信示泰莎；泰莎喜跃；泰

　　莎，配力克里斯向西蒙尼狄斯辞别，众下。

却说那泰尔的群臣，

把他们的君王访寻，

费尽了无数的辛劳，

踏遍了天涯与地角，

　飞骑四出，征帆远渡，

果然探到他的确处。

西蒙尼狄斯的宫廷

传来了泰尔的音声，

说那安提奥克暴王

父女两人同时身亡；

没有主的泰尔人民，

他们想要拥立新君，

多亏那赫力堪纳斯

把众臣的劝进推辞；

为了镇压叛徒异心，

他向他们恳切言明，

说要是他们的君王

年后依然踪迹茫茫，

他也只得俯顺众望，

把这一顶王冠戴上。

这一个消息传遍了

那潘塔波里斯全境，

每一个人欢呼若狂，

　"我们的王嗣是君王！"

他接到故国的呼召，

必须立刻举起征棹；

他的王妃怀孕在身，

立志随她丈夫远行；

利科丽达，她的奶娘，

护送着她远涉重洋，

那临别的至情热泪，

都不必在这儿提起。

且说他们一帆风满，

早走完了路程一半；

不料那作怪的天公，

又吹起了一阵狂风，

像鸭子在水上沉浮，

那船儿全失了自由，

吓得王妃哀声惨叫，

一阵阵的腹痛如绞。

这一场凶恶的风波，

究竟后来结果如何，

台上自有一番交代，

用不着俺摇唇弄喙，

请听那遭难的君主，

在船上把心情倾诉。（下。）

# 第一场　海船上

　　　　配力克里斯上。

**配力克里斯**　大海的神明啊，收回这些冲洗天堂和地狱的怒潮吧！统摄风飚的天使啊，是你把这阵阵狂风从海洋深处呼召起来的，现在用铜箍把它们捆起来吧！啊，止住你的震耳欲聋的惊人的雷霆，熄灭你的迅疾的硫火的闪电吧！啊！利科丽达，我的王后怎么样啦？你发着这样凶恶的风暴，你是要把所有的海水一起翻搅出来吗？水手的吹啸像死神耳旁的微语一般，微弱得没有人能够听见。利科丽达！路西那①，神圣的保护女神，夜哭产妇的温柔的稳婆啊！愿你的灵驾来到我们这一艘颠簸的船上，帮助我的王后早早脱离分娩的苦痛吧！

　　　　利科丽达抱婴孩上。

**配力克里斯**　啊，利科丽达！

**利科丽达**　这小东西太稚弱了，不应该让她处在这样一个环境里；要是她懂事的话，一定会因悲伤而死去，正像我现在痛不欲生一样。请把您那已故的王后这一块肉抱了去吧。

---

　　①路西那（Lucina），希腊罗马神话中保护妇女分娩的女神。

**配力克里斯**　怎么，怎么，利科丽达！

**利科丽达**　宽心点儿，好殿下；不要用您的悲号痛哭给那海上的
风涛添加声势。这是娘娘遗留下来的唯一的纪念品，一个
可爱的小女儿；为了她的缘故，请您鼓起勇气来，不要悲
伤吧。

**配力克里斯**　神啊！你们为什么把美好的事物赏给我们，使我们
珍重它、爱惜它，然后又突然把它攫夺了去呢？我们凡人
是讲究信义的，决不会把已经给了人的东西重新收回。

**利科丽达**　为了这一位小公主起见，好殿下，宽心点儿吧。

**配力克里斯**　但愿你的一生安稳度过，因为从不曾有哪一个婴孩
在这样骚乱的环境中诞生！愿你的身世平和而宁静，因为
在所有君王们的儿女之中，你是在最粗暴的情形之下来到
这世上的一个！愿你后福无穷，你是有天地水火集合它们
的力量、大声预报你的坠地的信息的！当你初生的时
候，你已经遭到无可补偿的损失；愿慈悲的神明另眼照
顾你吧！

　　　　二水手上。

**水手甲**　您有勇气吗，殿下？上帝保佑您！

**配力克里斯**　勇气是有的。我不怕风暴；它已经把最不幸的灾祸
加在我身上了。可是为了这一个可怜的小东西，这一个初
历风波的航海者的缘故，我希望它平静下来。

**水手甲**　把那边的舷索放下来！你还不肯停吗？吹，尽管吹你
的吧！

**水手乙**　只要船掉得转，尽管让这些浪花跳上去和月亮亲嘴，我
也不放在心上。

**水手甲**　殿下，您那位王后必须丢下海里去；海浪这样高，风这样大，要是船上留着死人，这场风浪是再也不会平静的。

**配力克里斯**　这是你们的迷信。

**水手甲**　原谅我们，殿下；对于我们这些在海上来往的人，这是一条不可违反的规矩，我们的习惯是牢不可破的。所以赶快把她抬出来吧，因为她必须立刻被丢到海里去。

**配力克里斯**　照你们的意思办吧。最不幸的王后！

**利科丽达**　她在这儿，殿下。

**配力克里斯**　你经过了一场可怕的分娩，我的爱人；没有灯，没有火，无情的天海全然把你遗忘了。我也没有时间可以按照圣徒的仪式，把你送下坟墓，却必须立刻把你无棺无椁，投下幽深莫测的海底；那边既没有铭骨的墓碑，也没有永燃的明灯，你的尸体必须和简单的贝介为伍，让喷水的巨鲸和呜咽的波涛把你吞没！啊，利科丽达！吩咐涅斯托替我拿香料、墨水、白纸、我的小箱子和我的珠宝来；再吩咐聂坎德替我把那缎匣子拿来；把这孩子安放在枕上。快去，我还要为她作一次诀别的祷告；快去，妇人。（利科丽达下。）

**水手乙**　殿下，我们舱底下有一口钉好漆好的箱子。

**配力克里斯**　谢谢你。水手，这是什么海岸？

**水手乙**　我们快要到塔萨斯了。

**配力克里斯**　转变你的航程，好水手，我们向塔萨斯去吧，不要到泰尔了。什么时候可以到港？

**水手乙**　要是风定了的话，天亮的时候就可以到了。

**配力克里斯**　啊！向塔萨斯去吧。我要到那边去访问克里翁，因为这孩子到不了泰尔，一定会中途死去的；在塔萨斯我可以交托他们留心抚养。干你的事去吧，好水手；这尸体等我把它安顿好了，立刻就叫人抬过来。（同下。）

# 第二场　以弗所。萨利蒙家中一室

萨利蒙、一仆人及若干在海上遇险被救之人上。

**萨利蒙**　喂，菲利蒙！

菲利蒙上。

**菲利蒙**　老爷叫我吗？

**萨利蒙**　替这些可怜的人们弄些火和吃的东西来；昨天晚上的风暴真是大得怕人。

**菲利蒙**　暴风我也见过不少；可是像这样的晚上，却是从来没有经历过。

**萨利蒙**　等到你回去，你的主人早已死了；实在没有法子可以挽回他的生命。（向菲利蒙）把这方子拿到药铺里去，试试有没有效力。（除萨利蒙外均下。）

二绅士上。

**绅士甲**　早安，阁下。

**绅士乙**　您好，阁下。

**萨利蒙**　两位先生，你们为什么这么早就起来了？

**绅士甲**　阁下，我们的屋子就在海边上，给昨晚的暴风吹打得就像地震一般，梁柱都像要一起折断，整个屋子仿佛要倒塌下来似的。因为惊恐的缘故，我才逃了出来。

**绅士乙**　那正是我们一早就来打搅您的原因，并不是因为爱惜寸阴。

**萨利蒙**　啊，好说，好说。

**绅士甲**　可是我很不明白，像您阁下这样生活在富丽舒适的环境里的人，怎么肯在这样早的时间，就抛弃了休养身心的温暖的眠床，既然没有迫不得已的原因，一个人的天性怎么能够习惯于这种辛劳而不以为苦？

**萨利蒙**　我一向认为道德和才艺是远胜于富贵的资产；堕落的子孙可以把贵显的门第败坏，把巨富的财产荡毁，可是道德和才艺却可以使一个凡人成为不朽的神明。你们知道我素来喜欢研究医药这一门奥妙的学术，一方面勤搜典籍，请益方家，一方面自己实地施诊，结果我已经对于各种草木金石的药性十分熟悉，不但能够明了一切病源，而且对症下药，百无一失；这一种真正的快乐和满足，断不是那班渴慕着不可恃的荣华，或是抱住钱囊、使愚夫欣羡、使死神窃笑的庸妄之徒所能梦想的。

**绅士乙**　您是以弗所的大善士，多少人感戴您的再造之恩。您不但医术高明，力行不倦，而且慷慨好施；萨利蒙大人的声名，有口皆碑，时间也不会使它湮没的。

　　　　　　二仆舁箱上。

**仆甲**　好；你从那头抬着。

**萨利蒙**　这是什么东西？

**仆甲**　老爷，刚才海水把这箱子冲到我们岸上来；它大概是什么沉船上漂散出来的。

**萨利蒙**　放下来；让我们看看。

**仆乙** 那瞧上去很像一口棺材。

**萨利蒙** 不管它是什么东西，那分量倒是沉重得很。快快把它撬开来；要是海水因为吞下了太多的金银，命运逼着它呕吐出来送给我们，那倒是一件意外的幸事。

**仆乙** 正是，大人。

**萨利蒙** 它钉得多么结实，漆得多么牢固！是海水把它冲上来的吗？

**仆甲** 老爷，我从来不曾看见过这么大的一个浪头，把它卷上岸来。

**萨利蒙** 来，把它撬开。且慢！我鼻子里好像闻到一股非常芬芳的香味。

**仆乙** 一股馥郁的异香。

**萨利蒙** 我从来没有嗅到过这样的香味。好，揭开箱盖来，万能的神明啊！这是什么？一具尸体！

**仆甲** 怪事，怪事！

**萨利蒙** 好一身富丽的殓衾；周围衬垫着这许多贵重的香料！还有一纸证明书！阿波罗，帮助我诵读这上面的字迹吧！"余为国王配力克里斯，死者为余王后，罄世间所有之一切，均不足抵偿此无价之损失。万一此棺被风吹卷上岸，为仁人君子发现启视，务请依礼安葬，因彼系出天潢，为一国王之爱女也。凡棺中所有宝物，一概作为酬劳，而君子泽及朽骨之德，亦必仰邀天眷，奚止存亡同感而已。"要是你还在人世，配力克里斯，你的心一定因悲哀而粉碎了！这是昨夜发生的事。

**仆乙** 大概是的，阁下。

**萨利蒙**　不，一定是昨晚的事，瞧，她的脸色多么鲜润！他们把她丢在海里，真太卤莽了。到里屋去生起火来；替我把我房间里所有的药箱拿出来。（仆乙下）一个人也许会接连几小时陷于死亡的状态，可是生命之火仍然会把不堪重压的精神重新燃起。我曾经听说有一个埃及人死了九小时，因为救治得法，终究苏醒过来。

　　　　　　仆人携药箱、手巾及火上。

**萨利蒙**　很好，很好；火也来了，布也来了。再请你们叫他们把那粗浊而忧郁的音乐奏起来；不要忘了那六弦提琴——瞧你办事这样没头没脑的，你这蠢货！喂，奏乐！请你们让她呼吸些空气。两位先生，这位王后一定会复活；她的生机已动，一丝温暖的气息已经从她嘴里吐出；她昏迷的时间，不会超过五小时以上。瞧！她又开始展放起她的生命之花来了。

**仆甲**　上天假手于您，表现它的神奇的力量，使我们只有惊奇嗟叹，您的声名也将要从此不朽了。

**萨利蒙**　她活了！瞧，那锁闭着配力克里斯所失去的一双天上的明珠的眼睑，已经在那儿展开它们那像黄金一般闪亮的睫毛，显现出无比晶莹的两颗钻石来，使这世界增加一倍的财富了。醒醒，美丽的人儿，你有这样绝世的丰度，让我们听你叙述你自己的运命而流泪吧！（泰莎展动肢体。）

**泰莎**　亲爱的狄安娜啊！我在什么地方？我的夫君呢？这是什么世界？

**仆乙**　这不是怪事吗？

**仆甲**　真是希有的事情。

**萨利蒙**　静些，两位好邻居！帮我一臂之力，把她挽到隔壁房间里去。拿些被褥来；这事千万不能大意，她要是再昏过去，那就不可救治了。来，来；愿埃斯库拉庇俄斯[1]指导我们！

（众扶泰莎同下。）

# 第三场　塔萨斯。克里翁家中一室

配力克里斯、克里翁、狄奥妮莎及利科丽达抱玛丽娜上。

**配力克里斯**　最可尊敬的克里翁，我不能不走了；我的一年之期已经满限，泰尔的乱机一触即发。请你们夫妇两位接受我的衷心的感谢；愿神明加恩于你们！

**克里翁**　命运的利箭虽然使您受到莫大的创伤，也给我们带来了深刻的痛苦。

**狄奥妮莎**　啊，您那可爱的王后！要是命运不是这样无情，让您把她带到这儿来，使我这一双薄福的眼睛也能够一瞻丰采，那将是一件多大的好事！

**配力克里斯**　我们不能不服从天神的意旨。要是我也能够像她葬身的海水一般咆哮怒吼，这样的结果还是不能避免。我这温柔的孩子是在海上诞生的，所以我替她取了玛丽娜的名字；现在我把她交给你们，请求你们善意的照顾，把她抚养成人，给她高贵的教育，使她谙熟按照她的身分所应该

①埃斯库拉庇俄斯（Aesculapius），希腊罗马神话中司医药之神。

具备的一切举止礼貌。

**克里翁**　您放心吧，殿下，敝国曾经受到您的赈济的大恩，人民
至今还在为您祈祷，您的孩子我们决不会亏待她的。要是
我有一些怠慢疏忽之处，那班受恩的民众也会强迫我履行
我的责任；但是假若我果真天良泯没，需要督促，愿神明
使我和我的子孙永遭天谴！

**配力克里斯**　我相信你；即使没有这样的重誓，你的荣誉和义气，
也可以使我充分信任你的真心。夫人，在她没有结婚以前，
凭着我们众人所崇敬的光明的狄安娜女神起誓，我决定永
不修剪我的头发，虽然这样会使我状貌很难看。现在我必
须告别了。好夫人，请你好好抚养我的孩子，这样也就是
造福于我了。

**狄奥妮莎**　我自己也有一个孩子，殿下，我不会宠爱她胜过您的
小公主。

**配力克里斯**　夫人，我感谢你，为你祈祷天福。

**克里翁**　让我们把殿下送到海边，然后让和顺的天风和平静的海
水护送着您回去。

**配力克里斯**　我敬领你们的盛情。来，最亲爱的夫人。啊！不要
哭，利科丽达，不要哭；留心照看你的小公主，将来你要
终身倚仗她哩。来，大人。（同下。）

# 第四场　以弗所。萨利蒙家中一室

萨利蒙及泰莎上。

**萨利蒙**　娘娘，这一封信和另外一些珠宝是跟您一起放在这口箱子里的；现在它们都在您的支配之下。您认识这笔迹吗？

**泰莎**　这是我的夫君的笔迹。我记得我在海上航行，直到临近分娩的时间，我都记得十分清楚；可是究竟有没有在船上生产，凭着神明起誓，我却不能断定。可是我既然不能再见我的夫君配力克里斯王的一面，我愿意终生修道，不再贪享人间的欢娱。

**萨利蒙**　娘娘，您这一番意思要是果然发自衷诚，那么狄安娜的神庙离此不远，您不妨在那里终养您的余年。而且您要是愿意的话，我有一个侄女可以在一起陪伴您。

**泰莎**　我的唯一的酬报只有感谢，请你原谅我的礼轻意重吧。（同下。）

# 第四幕

老人上。

不说那泰尔的人民，

怎样欢迎她的旧君；

不说那薄命的王后

在尼庵中凄凉苦守；

单表小小的玛丽娜

早已长成豆蔻年华，

那克里翁不负重托，

把这公主悉心教育，

亏她生得剔透玲珑，

音乐文艺色色精通，

那卓越的才华仪态

赢得每个人的敬爱。

可叹那嫉妒的妖精
又在施展它的祸心！
克里翁有个女公子，
菲萝登是她的名字，
这时已经待嫁闺中，
和玛丽娜形影相从：
她们有时并肩共织，
赌赛着玉指的纤洁；
她们有时拈针共绣，
争夸着灵秀的心手；
有时抚琴同唱新声，
羞杀了哀吟的夜莺；
有时执笔同赋新诗，
歌颂着月殿的神姬。
这菲萝登好胜心强，
她总想争一日之长；
无奈她乌鸦的羽毛
怎么能和白鸽比皎？
只有玛丽娜的敏慧
受尽了众人的赞美；
菲萝登在相形之下
大大地减低了声价。
她的母亲因妒成憎，
陡起了杀人的心情，
她想把玛丽娜去除，

便可让她女儿独步，

这阴谋还正在酝酿，

利科丽达又告身丧，

可怜那孤零的公主，

她的生命危在朝暮。

那恶妇的毒计猖狂

究竟能否如愿以偿？

这以后的事移境变，

自有伶工们的扮演。

俺老汉啊荒腔走韵，

惭愧有渎看官清听，

谢列位大度的包容，

才把俺的漏洞弥缝。

这厢来了狄奥妮莎，

里奥宁是她的爪牙。（下。）

# 第一场　塔萨斯。海滨附近旷地

狄奥妮莎及里奥宁上。

**狄奥妮莎**　记着你已经发誓干这件事；那不过是一举手之劳，永远不会有人知道。世上再没有这样便宜事儿，又简单，又干脆，一下子就可以使你得到这么多的好处。不要让那冷冰冰的良心在你的胸头激起了怜惜的情绪；也不要让慈悲，那甚至于为妇女们所唾弃的东西，软化了你；你要像一个军人一般，坚决执行你的使命。

**里奥宁** 我说干就干；可是她是一个很好的姑娘哩。

**狄奥妮莎** 那就更应该让她跟天神们作伴去。瞧她因为哀悼她的保姆，哭哭啼啼地来了。你决定了吗？

**里奥宁** 我决定了。

　　　　　　　*玛丽娜携花篮上。*

**玛丽娜** 不，我要从大地女神的身上偷取诸色的花卉，点缀你的青绿的新坟；当夏天尚未消逝以前，我要用黄的花、蓝的花、紫色的紫罗兰、金色的万寿菊，像一张锦毯一样铺在你的坟上。唉！我这苦命的人儿，在暴风雨之中来到这世上，一出世就死去了我的母亲；这世界对于我就像一个永远起着风浪的怒海一样，把我的亲人一个个从我的面前卷去。

**狄奥妮莎** 啊，玛丽娜！你为什么一个人到这儿来？怎么我的女儿不跟你在一起？不要让悲哀侵蚀了你的血液；你可以把我当作你的保姆的。主啊！这种无益的哀伤，已经使你的脸色变得多么憔悴！来，把你的花给我，趁着它们还没有被海潮打坏。跟里奥宁散散步去吧；那儿的空气很新鲜，它可以刺激脾胃，鼓舞精神。来，里奥宁，搀着她的手臂，陪她散步去吧。

**玛丽娜** 不，我谢谢您！我不愿夺去您的仆人。

**狄奥妮莎** 来，来；我是像爱自己人一般爱你和你的父王的。我们每一天都在盼望他到这儿来；要是他来了以后，看见我们这位绝世无双的好女儿消瘦成这个样子，他一定会懊悔不该这样远远地离开你；他也一定会埋怨我的丈夫和我，

泰尔亲王配力克里斯

说我们不曾好好照料你。去吧，我求你；散散步，重新快活起来；不要毁损了你那绝妙的容颜，那是曾经使每一个少年和老人目移神夺的。你不用管我，我会一个人回去。

**玛丽娜**　好，我就去；可是我实在没有那样的兴致。

**狄奥妮莎**　来，来，我知道那是对你有益的。里奥宁，你陪她至少散步半小时。记住我刚才所说的话。

**里奥宁**　您放心吧，夫人。

**狄奥妮莎**　我的好姑娘，我要暂时少陪你一下；请你慢慢走着，不要跑得满脸通红的。嘿！我必须留心照顾你哩。

**玛丽娜**　谢谢您，亲爱的夫人。（狄奥妮莎下）这风是从西方吹来的吗？

**里奥宁**　这是西南风。

**玛丽娜**　我生下来的时候吹的是北风。

**里奥宁**　是吗？

**玛丽娜**　我的保姆告诉我，我父亲是从来不知道恐惧的，他向水手们高声呼喊，"出力，好弟兄们！"用他尊贵的手亲自拉着缆索，不顾擦伤他自己的皮肉；他曾经紧紧攀住桅樯，抵御着一阵几乎把甲板冲毁的巨浪。

**里奥宁**　那是在什么时候？

**玛丽娜**　就在我生下来的时候。像那样狂暴的风浪，真是从来不曾有过；一个爬到帆篷上去的人也从绳梯上翻下海里。一个说，"嘿！你下来了吗？"他们流着汗从船头奔到船尾；掌舵的吹口哨，船主到处喊人，满船忙作了一团。

**里奥宁**　来，念你的祷告吧。

**玛丽娜**　你是什么意思？

**里奥宁**　要是你需要短短的时间作一次祷告，我可以允许你。可是千万不要噜噜哕哕地拉上一大套，因为天神的耳朵是很灵敏的，而且我已经发誓要把我的事情快快办好。

**玛丽娜**　你为什么要杀死我？

**里奥宁**　这是我的女主人的意思。

**玛丽娜**　为什么她要把我杀死？凭着我的真心起誓，照我所能够记得的，我生平从来不曾做过一件损害她的事。我不曾讲过一句坏话，或是对无论哪一个生物做过一桩恶事；相信我，我不曾杀死过一只小鼠，或是伤害过一只飞蝇；我在无意之中践踏了一条虫儿，也会因此而流泪。究竟我犯了什么过失？我的死对她有什么好处？我的生对她又有什么危险？

**里奥宁**　我只知道奉命行事，不是来跟你辩论是非的。

**玛丽娜**　我希望你再也不会干这样的事。你的相貌很和善，表明你有一颗仁慈的心。我最近看见你因为劝解两个打架的人而自己受了伤，这就可以看出你是一个好人。现在再请你做一个这样的好人吧！你的主妇要害我的性命，你应该扶危拯困，救救我这柔弱可怜的人才是。

**里奥宁**　我已经宣过誓了，这事情非办不可。

众海盗上，时玛丽娜方在竭力挣扎。

**盗甲**　放手，恶人！（里奥宁逃下。）

**盗乙**　一件宝货！一件宝货！

**盗丙**　大家分，弟兄们，大家分。来，咱们赶快把她带到船上去吧。（众海盗捉玛丽娜下。）

里奥宁重上。

**里奥宁**　这些恶贼是大海盗凡尔狄斯手下的；他们把玛丽娜捉了去啦。让她去吧；她是再也不会回来的了。我敢发誓她一定被他们杀死、丢在海里啦。可是我还要探望探望；也许他们把她玩了一个痛快以后，并不把她带到船上去也说不定。要是他们把她留下，那么她在他们手里失去了贞操，必须在我手里失去她的生命。（下。）

## 第二场　米提林。妓院中一室

妓院主人、鸨妇及龟奴上。

**院主**　龟奴！

**龟奴**　老板有什么吩咐？

**院主**　到市场上去仔细搜寻；米提林多的是风流浪子，咱们没有姑娘应市，这笔损失可不小哩。

**鸨妇**　咱们从来不曾像现在这样缺货。一共只有三个粗蠢的丫头，她们充其量也只能像现在这样应付；而且因为疲于奔命的缘故，都已经跟发臭的烂肉差不多了。

**院主**　所以咱们只好不惜重价，弄几样新鲜的货色来。无论干什么生意，总要讲个良心，不讲良心，营业还会发达吗？

**鸨妇**　你说得不错；那不是养育私生子的问题，我想我自己就一手养大了十一个——

**龟奴**　嗯，每个养到十一岁，就又下水啦。可是我要不要到市场上去搜寻一番？

**鸨妇**　别的还有什么办法？咱们这铺子里都是又臭又烂的货色，

一阵大风就会把她们吹碎的。

**院主** 你说得不错；凭良心说，她们的确太肮脏了。那个可怜的德兰斯瓦尼亚人才跟那小蹄子睡了一觉，不几天就送了命。

**龟奴** 喂，她很快就送了他的命；她叫他给蛆虫们当一顿美味的炙肉。可是我要到市场上搜寻去了。（下。）

**院主** 有了三四千块钱也可以安安稳稳过日子了；那时候咱就洗手不干。

**鸨妇** 为什么不干，我倒要问问你？难道咱们老了，赚钱就是一桩丢脸的事吗？

**院主** 啊！咱们的名誉不是像货色一样源源而来的，咱们的货色也不能保险没有意外的损失；所以要是咱们在年轻的时候早一点儿赚下些产业，现在情愿关起门来吃现成饭了。而且咱们这一行营生是上干天怒的，要是不知道中途歇手，神明一定不会饶过咱们。

**鸨妇** 算啦，别的生意也是跟咱们一样罪恶的。

**院主** 跟咱们一样！嘿，他们可比咱们清白得多啦；只有咱们这一行才是最该死的。这行生意能算是职业吗？那简直不是人干的。可是龟奴来啦。

　　　　　*龟奴率众海盗及玛丽娜上。*

**龟奴** 过来。列位大哥，你们说她是个闺女吗？

**盗甲** 啊！朋友，这我们可以担保。

**龟奴** 老板，您瞧，我好容易东寻西找，才找到这么一件货色。要是您中意的话，那再好没有；不然我付的定钱可就白扔啦。

**鸨妇** 龟奴，她有什么长处？

**龟奴** 她有一张好看的脸蛋儿，会讲好听的话儿，又有一身挺好的衣服；有了这几件好处，人家还会拒绝她吗？

**鸨妇** 她的价钱多少？

**龟奴** 他们一定要一千块钱，一点儿也不能少。

**院主** 好，跟我来，列位朋友，我立刻就把钱拿给你们。妻子，你领她进去，教导她应该做的事，免得她生手生脚的，怠慢了客人。（院主及众海盗下。）

**鸨妇** 龟奴，你把她的容貌仔细记好，她的头发是什么颜色，她的皮肤是怎样的，怎样高的身材，怎样大的年纪，尤其要说明她是个闺女；你到市上去这样嚷着说，"谁要是愿意出最高的价钱，就可以做第一个享受她的人。"倘然男人们的性情没有改变，这样一个闺女是可以赚一注大钱的，照我吩咐你的办去吧。

**龟奴** 遵命。（下。）

**玛丽娜** 唉！里奥宁应该把事情做得干脆一点，他应该早一点杀死我，不应该说那些废话；或者那些海盗们要是再凶狠一些，把我丢在海里，我也可以找我的母亲做伴去！

**鸨妇** 你为什么哀哭，美丽的人儿？

**玛丽娜** 因为我是美丽的。

**鸨妇** 得啦，天神们总算没有亏待了你。

**玛丽娜** 我并不抱怨他们。

**鸨妇** 你既然落到我的手里，你就是我的人啦。

**玛丽娜** 我真不该从那想杀死我的人手里逃了出来。

**鸨妇** 你在我这里可以过舒服的日子。

**玛丽娜** 不。

**鸨妇** 是的，你可以过舒服的日子，你还可以尝尝各色各样绅士们的味道。这儿吃的也有，穿的也有；还有黑的、白的、胖的、瘦的汉子们，由你夜夜掉换新鲜。嘿！你捂住你的耳朵了吗？

**玛丽娜** 你是个女人吗？

**鸨妇** 我倘然不是女人，你说我是什么？

**玛丽娜** 不贞洁的女人就不能算是女人。

**鸨妇** 好，有你的，你这小鹅儿，看来你要给我添点麻烦啦。来，你是个糊涂的小东西，一定要给你点颜色看，你才会听老娘的管教。

**玛丽娜** 天神保佑我！

**鸨妇** 要是天神保佑你多结识几个知心的汉子，那么让他们安慰你、供养你、给你甜头尝吧。龟奴回来了。

　　　　　　　　龟奴重上。

**鸨妇** 喂，你在市场上替她宣传过没有？

**龟奴** 我简直连她头上有几根头发都说了出来；因为描摹她的美貌，把我的喉咙都喊哑了。

**鸨妇** 告诉我，你觉得人们听了你的话，兴趣怎样？尤其是那些年轻的家伙？

**龟奴** 不瞒您说，他们听我的话，就像听他们父亲的遗嘱一般。有一个西班牙人满口流涎，他一听见我的形容，就在那儿做着同床的好梦了。

**鸨妇** 他明儿一定会穿起他的最漂亮的绉领衣服，到咱们这儿来的。

**龟奴** 今晚就来，今晚就来。可是，妈妈，您认识那个弯腿的法国骑士吗？

**鸨妇** 谁？维乐尔斯先生吗？

**龟奴** 嗯；他一听见我的宣告，就乐得想要翻起筋斗来；可是结果只是呻吟了一声，发誓说明儿一定来看她。

**鸨妇** 好，好；他曾经把他的一身病带到咱们这儿来，这一回最多不过是旧病复发。我知道他是个明处花钱、暗处占便宜的家伙。

**龟奴** 好，要是每一个国家都有旅行的人到咱们这儿，咱们总是来者不拒的。

**鸨妇** （向玛丽娜）请你过来一下，你的好运气到了。听着，你在干那件事的时候，虽然心里愿意，也要装出几分害怕的样子；越是有利益的事情，越要装着不把这种利益放在心上。当你向你的情人们谈起你现在的生活的时候，你应该流些眼泪，这样可以引起他们的同情；这一种同情往往可以使你得到极好的名誉，而这种名誉也就是一种利益。

**玛丽娜** 我不懂你的话。

**龟奴** 啊！带她进去吧，妈妈，带她进去；她这种羞人答答的神气，必须让她立刻得些实际经验，才可以把它除掉。

**鸨妇** 你说得不错，真的，必须让她立刻经验经验；第一夜做新娘，不免要带几分羞涩，她干这个却是光明正大的。

**龟奴** 说老实话，脸嫩的固然有，脸老的也不少。可是，妈妈，既然这块肉的价钱是我讲定的——

**鸨妇** 你也可以切一小块去尝尝。

**龟奴** 真的吗？

**鸨妇** 谁来骗你？来，小姑娘，我很喜欢你的衣服的式样。

**龟奴**　嗯，凭良心说，她这身衣服现在还没有更换的必要。

**鸨妇**　龟奴，你再到市上去一趟，逢人便告诉咱们家里来了一位多么好的姑娘；多拉几个主顾，对于你总有好处。造化生下这东西来的时候，就有帮助你的意思；所以你应该竭力吹嘘，说她是怎样一个绝世无双的美人儿，你越是说得天花乱坠，越可以捞到一笔大大的油水。

**龟奴**　您放心吧，妈妈，我只要一说起她的美丽，管教那些好色的人们一个个春心大发，比震雷惊醒那蛰眠水底的鳗鲡还要灵验。今天晚上我就可以带几个客人来。

**鸨妇**　去吧；跟我来。

**玛丽娜**　要是火是热的，刀是尖的，水是深的，我要永远保持我的童贞的完整。狄安娜女神，帮助我吧！

**鸨妇**　咱们跟狄安娜女神有什么来往？请你还是跟我进去吧。

（同下。）

# 第三场　塔萨斯。克里翁家中一室

克里翁及狄奥妮莎上。

**狄奥妮莎**　嗳哟，你是个傻子吗？这事情干也干过了，还可以挽回吗？

**克里翁**　啊，狄奥妮莎！像这样的惨杀案，真是自有天地以来所未有的。

**狄奥妮莎**　我想你真要变成个小孩子了。

**克里翁**　假如我是这广大的世界的主人，为了挽回这一件罪行，我宁愿把这世界舍弃。啊，女郎！你的品德是比你的血统更为高贵的，虽然你是一位金枝玉叶的公主，可以和世界上无论哪一个戴王冠的人并立而无愧。啊，里奥宁这恶奴！他也已经被你毒死了；要是你自己把那毒酒先喝一口，倒还可以算功过相抵。尊贵的配力克里斯若是追问起他的女儿来，你有些什么话说？

**狄奥妮莎** 我就说她死了。保姆不是执掌生死的神明，谁能保得住一个孩子养得大养不大？她是在夜里死的，我就这样说。谁敢说一个不字？除非你要表示你是一个正直无罪的好人，那么你就高声宣布，说她是被人用恶计谋杀的吧。

**克里翁** 唉！得啦，得啦。在天下一切罪恶之中，这一件是最为天神们所痛恨的。

**狄奥妮莎** 你就去做那些傻子，相信塔萨斯的可爱的小鸟儿会飞到海外去，把这件秘密向配力克里斯揭破吧。我真替你惭愧，像你这样一个出身高贵的人，却有这么一副懦夫的性格。

**克里翁** 不要说是公然的同意，就是对于这样的行为表示默许的人，他也决不是高贵的祖先的子孙。

**狄奥妮莎** 就算是这么说吧。可是除了你一个人以外，谁也不知道她怎样死的；而且里奥宁已经不在，也没有人能够知道。她掩蔽了我的女儿，阻碍她前途的幸福；谁也不要看她一眼，大家都把他们的目光注射在玛丽娜的脸上，我们的女儿却遭人贱视，被人当作灶下婢一般看待。这就像利刃一样刺透了我的心。虽然你自己一点不替你的孩子着想，却说我的手段太不人道，可是我却以为这是为你的独生女儿所干的一件极大的好事哩。

**克里翁**　上天恕宥这样的罪恶！

**狄奥妮莎**　至于配力克里斯，他有什么话说呢？我们为她举哀送
葬，至今还在替她服丧；她的坟墓已经大部砌好，她的墓
碑上刻着灿烂的金字，表示一般的赞美和我们对她的爱念，
这一切不都是我们花的钱吗？

**克里翁**　你是个妖精，用你天使一般的面孔欺骗世人，却用你的
鹰隼一般的利爪杀害无辜。

**狄奥妮莎**　你才是个迂腐的傻瓜，冻死几个蝇子也要惊天动地。
可是我知道你会照我的话做的。（同下。）


# 第四场　塔萨斯。玛丽娜墓前

老人上。

百年弹指，天涯寸步，

一苇可把重洋飞渡；

让我把你们的想像

带过了邦疆和国壤。

演戏本来是一片假，

列位看官不用惊诧

怎么那各地的人民

都讲着同一的方音，

这为的是观听便利，

不是俺们失于算计。

泰尔亲王配力克里斯

几句闲话交代过去，
接着再把正文重叙。
却说那配力克里斯
为了探望他的娇儿，
带领了大小的臣僚，
再度冒海上的风涛；
赫力堪纳斯这老臣
这一回也伴驾随行，
留下了爱斯凯尼斯
把国中的政务主持。
可喜的是一帆风顺，
早到了塔萨斯边境，
那老王满心的欢慰，
想把爱女接回国内。
请看这些人影幢幢，
又有一番哀怨凄凉。

　　哑剧：配力克里斯率侍从自一门上；克里翁及狄奥妮
　　莎自另一门上。克里翁指玛丽娜坟墓示配力克里斯；配力
　　克里斯作痛哭流涕状，以麻衣披身，大恸而去；克里翁、
　　狄奥妮莎同下。

瞧这番拙劣的表情，
多么叫人难于信凭，
像这样的作势装腔，
也算是真实的哀伤！
悲哀的配力克里斯

披上了麻布的丧衣，

发誓永不洗脸剃发，

苦度着凄惶的岁月；

他挂着一颗颗泪珠，

叹口气又踏上归途。

心中阵阵风涛冲荡，

幸喜最后安然无恙。

列位且看这首墓铭

追叙玛丽娜的生平；

那心如蛇蝎的恶妇

偏会说蜜般的言语。（读玛丽娜墓碑上诗句）

佳人多薄命，奇花易萎折，

新春方吐蕊，遽尔辞枝别。

谁躺墓中人？泰尔王家女；

死神展魔手，一朝攫之去。

厥名玛丽娜，美慧世无比。

当其诞生时，海神大欢喜，

吐浪如山高，百里成泽国。

大地为战栗，恐至全沦没，

故将此女郎，上献与苍冥。

至今怒海水，犹作不平声。

最是那甘言的谄媚，

越显出居心的奸诡。

且不谈配力克里斯

深信他女儿的长逝；

他此去茫茫的前途

自有命运女神作主。

咱们现在回过头来，

再看那不幸的女孩，

她如今堕下了火坑，

失去了一切的希望。

请列位略耐一耐心，

咱们又到了米提林。（下。）

# 第五场　米提林。妓院前街道

二绅士自妓院中出。

**绅士甲**　您听见过这样的话吗？

**绅士乙**　没有，而且要是她去了以后，在这样一个所在，也永远不会再听见这样的话的。

**绅士甲**　可是在那样的地方高谈上帝的真理！您有没有梦想到会有这样的事情？

**绅士乙**　没有，没有。来，我从此不再逛窑子了。我们要不要去听听修道女的唱诗？

**绅士甲**　只要是合乎道德的事，我现在什么都愿意做；可是从此以后，再不寻花问柳了。（同下。）

# 第六场 同前。妓院中一室

院主、鸨妇及龟奴上。

**院主** 哼，早知如此，咱宁愿丢了两倍她身价的钱，也不要她到咱们这儿来。

**鸨妇** 该死的鬼丫头！她会叫普里阿波斯①倒抽一口凉气，她会叫这一辈青年人一个个绝了后代；咱们必须把她破了身子，否则还是撵她出去。轮到她侍候主顾，尽咱们这一行的本分的时候，她就有她的推托、她的理由——她的天大的理由；她会跪下来哀求祷告；要是魔鬼想和她亲一个嘴，见了她这样子，也会变成清教徒的。

**龟奴** 哼，我非把她强奸了不可，不然我们的阔大少会跑得精光，浪荡子也会都变成修道士啦。

**院主** 对，她再说什么经期失调，就别理她那一套。

**鸨妇** 可不是吗？要让女的不害经期失调，男的就得不怕染杨梅疮才行。哟，拉西马卡斯大人穿着便服来啦。

**龟奴** 要是这作怪的丫头对客人们迁就一些，咱们这门槛儿早就给上下三等的人踏破啦。

拉西马卡斯上。

**拉西马卡斯** 怎么！你们这儿的大姑娘多少钱一打？

**鸨妇** 啊，天神祝福您老爷！

**龟奴** 我很高兴看见您老爷贵体安好。

**拉西马卡斯** 是的，你们应该希望你们的主顾都有一个结实的身

_____

①普里阿波斯（Priapus），希腊神话中司生育之神。

子，这才是你们的福气。喂！婆子，你们这儿有没有一个可以让人玩了以后不必请教外科医生的姑娘？

**鸨妇** 我们这儿倒有一个，老爷，要是她愿意的话。可是在米提林从来不曾有过像她一样的人。

**拉西马卡斯** 你的意思是说要是她愿意干那件事儿的话。

**鸨妇** 什么都逃不了您老爷的明鉴。

**拉西马卡斯** 好，叫她出来，叫她出来。

**龟奴** 要论她的皮肉，老爷，真称得起红是红，白是白，像一朵花儿似的。她的确是一朵花，就是还没有——

**拉西马卡斯** 没有什么？

**龟奴** 老爷，我可不好意思说。

**拉西马卡斯** 女人羞答答的可以冒充贞洁，乌龟不好意思当然也可以提高身价。（龟奴下。）

**鸨妇** 她是一朵枝头的娇花，我可以向您保证，还没有被人攀折过呢。

龟奴率玛丽娜重上。

**鸨妇** 她不是一个美人儿吗？

**拉西马卡斯** 嗯，在船上待了这么多日子之后，看见这样的女人也就将就了。好。这是给你的赏钱，去吧。

**鸨妇** 请老爷准许我说一句话，然后立刻就去。

**拉西马卡斯** 你说吧。

**鸨妇** （向玛丽娜）第一，我要你注意，这是一位很有名誉的贵人。

**玛丽娜** 我希望他果然是一位值得受我重视的正人君子。

**鸨妇** 第二，他是本地的总督，我是受他管辖的。

**玛丽娜**　假如他是本地的总督，那你自然要受他的管辖；可是他在这方面是不是正人君子，我还不知道。

**鸨妇**　请你少说些女孩儿家推推闪闪的废话吧；一句话，你愿意不愿意好好招待他？他要是喜欢的话，会把你的裙子上都镶满了黄金哩。

**玛丽娜**　凡是他用光明正大的态度赐给我的恩惠，我就用感激的心情接受他的好意。

**拉西马卡斯**　你们话讲完了没有？

**鸨妇**　老爷，她是个一点不懂事的孩子；您必须耐心把她开导开导。来，咱们让老爷跟她两个人谈谈吧。

**拉西马卡斯**　你们去吧。（鸨妇、院主、龟奴同下）呃，美人儿，你干这个行业多久啦？

**玛丽娜**　什么行业，先生？

**拉西马卡斯**　那我可说不出口来，因为说出来会得罪人的。

**玛丽娜**　我自己干的事是不会使我自己听了动气的。请您说吧。

**拉西马卡斯**　我问你吃这碗饭多久了？

**玛丽娜**　从我刚记事的时候就开始了。

**拉西马卡斯**　怎么，那么年轻就开始了吗？难道你六七岁就干这个吗？

**玛丽娜**　比六七岁还早的时候，我就是现在这样。

**拉西马卡斯**　你现在住在这样一个地方，就说明你是一个出卖色相的女子。

**玛丽娜**　您既然知道这间屋子是这么一个所在，您还进来吗？我听说您是一位很有名誉的人，又是这儿的总督。

**拉西马卡斯**　啊，你那当家的已经告诉了你我是谁吗？

泰尔亲王配力克里斯

**玛丽娜** 谁是我的当家的？

**拉西马卡斯** 就是那个贩卖百草的婆子，那个播种罪恶的妇人。啊！你大概因为听说我有几分权力，所以故意装出高傲的态度，想要抬高你自己的身价。可是我告诉你，美人儿，我的权力是不会带到这儿来的，就是到这儿，也会对你表示宽大。来，带我到一间僻静些的屋子里去吧；来，来。

**玛丽娜** 假使您真是贵人出身，请您用行动证明您的身分。假使这名誉地位是别人给您的，那么您也不要辜负别人对您的期望。

**拉西马卡斯** 怎么回事？怎么回事？好严正的教训！再说下去。

**玛丽娜** 我是一个不幸的少女，残酷的命运把我推下了这一个火坑；自从我来到这里以后，我只看见人们用比请医生服药更大的代价，买一身恶病回去。啊！要是天神们把我从这暗无天日的所在解放出来，即使他们叫我变成一只最卑微的小鸟，我将要多么快乐地在纯洁的空气中任意翱翔！

**拉西马卡斯** 我没有想到你竟有这样动人的口才；这真是出我意料之外，即使我抱着一棵邪心到这儿来，听见你这一番谈话，也会使我幡然悔改。这些金子是给你的，你拿着吧。愿你继续走你的清白的路；愿神明加强你的力量！

**玛丽娜** 愿慈悲的神明护佑您！

**拉西马卡斯** 你不要对我误会，以为我到这儿来是存着什么邪恶的目的，因为在我看来，这儿的每一扇门窗都散放着罪恶的臭味。再会！你是一个贞洁的女郎，我相信你一定受过高贵的教育。这儿还有一些金子给你，你拿着吧。谁要是侵害了你的善良的灵魂，愿他永受咒诅，像盗贼一般不得好死！也许你还会听到我的消息，那一定是对于你有好处的。

> 龟奴重上。

**龟奴** 谢谢老爷，也赏我一块钱吧。

**拉西马卡斯** 滚开，你这该死的奴才！你们这一所屋子倘没有这位姑娘替你们支撑，它早就倒塌下来，把你们全都压死了。滚开！（下。）

**龟奴** 这是怎么一回事？咱们非得换一副手段对付你不可。你的贞操还不值乡下人家露天下的一顿早饭，咱们不能为了你要守贞，一家子活活饿死呀。过来。

**玛丽娜** 你要我到哪里去？

**龟奴** 我要不给你开苞，刽子手就得给你开膛。过来。咱们不能再让主顾们一个个给你推出门去。喂，过来。

> 鸨妇重上。

**鸨妇** 怎么！什么事？

**龟奴** 越来越不成话了，妈妈；她对拉西马卡斯老爷也说起神圣的大道理来啦。

**鸨妇** 嗳哟，可恶！

**龟奴** 她把咱们这一行说得简直好像一股秽气可以冲到天神脸上似的。

**鸨妇** 哼，这丫头不想活命了吗？

**龟奴** 这位贵人有心抬举她，她却不识好歹；浇了他一头冷水；他立脚不住，只好走了，临走还作过祷告哩。

**鸨妇** 龟奴，带她下去；你爱把她怎样就把她怎样；破坏她的贞操，看她以后再倔强不倔强。

**龟奴** 即使她是一块长满荆棘的荒地，我也要垦她一垦。

**玛丽娜** 听哪，听哪，神啊！

**鸨妇** 她又在呼告神明了；带她下去！但愿她从不曾走进我的门里！哼，死丫头！她是来把咱们一起葬送了的。你不愿意走女人们大家走的路吗？哼，过来，我的三贞九烈的好姑娘！（下。）

**龟奴** 来，姑娘；跟我来吧。

**玛丽娜** 你要我到哪里去？

**龟奴** 我要把你自己最看重的那件宝贝采摘下来。

**玛丽娜** 请你先告诉我一件事情。

**龟奴** 好，说吧，是一件什么事情？

**玛丽娜** 要是你有仇敌的话，你希望他做个怎么样的人？

**龟奴** 嘿，我希望他做咱们的老板，或者还是做咱们老板的太太。

**玛丽娜** 他们的职业虽然下贱，可是比起你来还是略胜一筹，因为你是受他们使唤的。地狱里受着最痛苦的酷刑的恶鬼，为了爱惜他的名誉，也不愿和你交换地位；你是一个永远受罪的管门人，必须侍候每一个探望他的下贱的情妇的下贱的男子；碰到脾气坏的家伙，你的耳朵免不了挨他的拳头的痛打；你吃的东西是那些害肺病的人所呕吐出来的。

**龟奴** 你要我干什么呢？上战场去吗？你要我当七年的兵，失去一条腿，结果连装木腿的钱都拿不出来吗？

**玛丽娜** 除了你现在所干的事以外，无论什么事都可以做。你可以打扫垃圾箱，到水边去掏粪，你可以做刽子手的助手，什么都要比你现在的事情好一些。一头狒狒要是会说话，一定也不屑于担当你这个名分。啊！但愿天神们拯救我平安脱离这一个所在！来，我这儿有一些金子送给你。要是你的主人一定要在我身上赚钱的话，你们可以宣布我会唱歌、跳舞、纺织、缝纫，还有其他的技艺，因为不愿夸口的缘故，我都不说了。我愿意招收生徒，教授这几门功课。我相信在这人口众多的城市里，一定可以收到不少的学生。

**龟奴** 可是你真的会教授这许多功课吗？

**玛丽娜** 要是事实证明我没有这样的能力，我愿意让你们把我带回到这儿来，叫我向你们这儿最下贱的客人出卖我的肉体。

**龟奴** 好，我愿意试试我能不能帮你一些忙；要是有可以安顿你的地方，我会替你想法的。

**玛丽娜** 可是我必须和良家妇女在一起。

**龟奴** 说老实话，我在这方面是没有什么熟人的。可是既然我家老板和主妇花了钱买你下来，什么事总要得到他们的允许；所以让我先去把你的意思告诉他们，我相信他们都是很容易说话的。来，我愿意尽力帮你的忙；来吧。（同下。）

泰尔亲王配力克里斯

# 第五幕

老人上。

玛丽娜跳出了火窟，

开始她教学的生活：

她的歌声不似人间；

她的舞态翩翩欲仙；

尤其她针线的精能，

化工也要退让三分，

尺缣上的花鸟枝叶

和活的全没有分别。

她招集了不少生徒，

其中尽多贵妇名姝，

她们那敬师的修脯，

她全都给了那鸨妇。

不表她在这里安身，
再说她海上的父亲；
他的船只随风飘荡，
迷失了航行的方向；
谁料那冥冥的天公
有心使他父女相逢，
把他吹到了米提林，
在这儿把征棹暂停。
却说米提林的居民
每年都要祭奠海神；
这时候拉西马卡斯
正在把那祭礼主持，
他望见泰尔的船舶，
那旗帜上一片黑色，
为了探察它的究竟，
他急忙驾艇去访问。
请列位再用些想像，
这儿便是老王船上，
说不尽的悲欢离合，
都在台上表演明白。（下）

泰尔亲王配力克里斯

# 第一场　米提林港外，配力克里斯船上。甲板上设帐篷，前覆帷幕。配力克里斯偃卧帐中榻上。一艇停靠大船之旁

二水手上，其一为大船上者，其一为艇上者；赫力堪纳斯上，与二水手相遇。

**泰尔水手**　（向米提林水手）赫力堪纳斯大人不知道在什么地方；他可以答复你的。啊！他来啦。——大人，有一艘从米提林来的艇子，艇子里面是拉西马卡斯总督，他要求到咱们船上来。您看怎么样？

**赫力堪纳斯**　请他上来吧。叫几个卫士们出来。

**泰尔水手**　喂，卫士们！大人在叫着你们哪。

卫士二三人上。

**卫士甲**　大人呼唤我们吗？

**赫力堪纳斯**　卫士们，有一个很有地位的人要到我们船上来；请你们去迎接一下，不要失了礼貌。（卫士及水手等下船登艇。）

拉西马卡斯率从臣及卫士、二水手等同自艇中上。

**泰尔水手**　大人，这一位老爷可以答复您所要询问的一切。

**拉西马卡斯**　祝福，可尊敬的老大人！愿天神们护佑你！

**赫力堪纳斯**　大人，愿你的寿命超过我现在的年龄；愿你富贵令终，泽及后人！

**拉西马卡斯**　您真是善颂善祷。我刚才正在海滨祭祀海神，忽然看见你们这艘富丽的船舶经过我们的海面，所以特来探问一声，你们是从什么地方来的。

**赫力堪纳斯**　第一，先请你告诉我你是一位何等之人？

**拉西马卡斯**　我就是你们眼前这一座城市的总督。

**赫力堪纳斯**　大人，我们的船是从泰尔来的，船里载的是我们的王上；他这三个月来，不曾对什么人讲过一句话，虽然勉强进一点饮食，也不过为了延续他的悲哀。

**拉西马卡斯**　他为什么会变成这个样子？

**赫力堪纳斯**　说来话长；他的悲哀的主要原因，是失去他的亲爱的女儿和妻子。

**拉西马卡斯**　我们可以见见他吗？

**赫力堪纳斯**　你可以见他；可是见了他也是徒然；他是不会向任何人说话的。

**拉西马卡斯**　可是让我达到我的愿望吧。

**赫力堪纳斯**　瞧他。（揭幕见配力克里斯）他本来是一位一表堂堂的人物，直到那一个不幸的晚上，意外的惨祸把他害成了这个样子。

**拉西马卡斯**　王上陛下，万福！愿天神们护佑你！万福，尊严的王上！

**赫力堪纳斯**　这是毫无用处的；他不会对你说话。

**臣甲**　大人，在我们米提林地方有一个少女，我敢打赌她有本领诱他说出几句话来。

**拉西马卡斯**　你想得很好。凭着她的曼妙的歌声和种种动人的美点，她一定会打开他的闭塞不通的心窍。她是所有女郎中

泰尔亲王配力克里斯

最美貌的，现在正和她的女伴们在岛旁的树荫下面谈笑。

（向臣甲耳语，臣甲下艇。）

**赫力堪纳斯**　什么都是毫无结果的；可是无论什么治疗的方法，只要有万一的希望，我们都不愿意放过。多蒙阁下这样热心相助，真是感激万分；我们还有一个冒昧的要求，因为我们航海日久，食物虽然不缺，但是味道不鲜，令人生厌，所以我们想要出钱向贵处购办一些食物，不知道阁下能不能允许我们？

**拉西马卡斯**　啊！大人，要是我们不愿意尽这一点点的地主之谊，公正的天神一定会在我们每一颗谷粒中降下一条蛀虫，使我们全境陷于饥馑的。可是让我再向你作一次请求，请把你们王上悲哀的原因详细告诉我知道吧。

**赫力堪纳斯**　请坐，大人，我可以告诉你；可是瞧，有人来打断我们的谈话了。

臣甲率玛丽娜及另一女郎自艇中重上。

**拉西马卡斯**　啊！这就是我请来的女郎。欢迎，美人儿！她不是很美吗？

**赫力堪纳斯**　她是一位倜傥的女郎。

**拉西马卡斯**　她是这样一位绝世的佳人，要是我能够确定她果然是世家贵族的后裔，我一定不再作其他的奢求，而认为得到这样一位妻子是终身的幸事。美人儿，这里有一位抱病的国王，在他身上你可以期望得到最高的赏赐；假如凭着你的巧妙的手段，只要能够使他回答你的一句问话，你的神奇的医术就可以使你得到你所愿望的任何酬报。

**玛丽娜**　大人，我愿意尽我的力量设法治疗他的病症，可是有一个条件，除了我自己和我的女伴以外，谁也不准走近他的身旁。

**拉西马卡斯**　来，让我们离开她；愿神明保佑她成功！（玛丽娜唱歌）他注意到你的歌声没有？

**玛丽娜**　没有，也不曾望我们一眼。

**拉西马卡斯**　瞧，她要向他说话了。

**玛丽娜**　万福，陛下！我的主，听我说句话儿。

**配力克里斯**　哼！嘿！

**玛丽娜**　陛下，我是一个少女，从来不曾勾引别人向我注目，可是像一颗彗星一般，到处受尽世人的凝视。她现在在向您说话，陛下，她所身受的种种不幸，要是放在准确的天平里衡量起来，也许正和您的不幸同样的沉重。虽然横逆的命运降低了我的身分，我的祖先却是和庄严的君主们分庭抗礼的；可是时间已经淹没了我的家世，使我在这多难的人世失去自由，忍受一切意外的折磨。（旁白）我不愿意说下去了；可是仿佛有什么东西在我的脸上发烧，它在我的耳边对我说，"不要去，等他说话。"

**配力克里斯**　我的命运——家世——很好的家世——可以跟我相比！——是不是这样？你怎么说？（推玛丽娜。）

**玛丽娜**　我说，陛下，要是您知道我的家世，您一定不会对我这样粗暴。

**配力克里斯**　我倒也这样想。请你把你的眼睛转过来对着我。你有几分像是——你是哪一国的女子？是不是这儿海岸上的？

**玛丽娜**　不，我也不是任何海岸上的；可是我出世却也和凡人一样，生来就是像您所看见的这样一个人。

**配力克里斯** 我心里充满了悲伤，一开口就禁不住泪下。我的最亲爱的妻子正像这个女郎一样，我的女儿要是尚在人世，一定也和她十分相像：我的王后的方正的眉宇；同样不高不矮的身材；同样挺直的腰身；同样银铃似的声音；她的眼睛也像明珠一样，藏在华贵的眼睫之中；她的步伐是天后朱诺的再世；她的动人的辞令，使每一个听者的耳朵在饱聆珠玑以后，感到更大的饥饿。你住在什么地方？

**玛丽娜** 我是一个托迹异乡的人；从甲板上您可以望见我所住的地方。

**配力克里斯** 你是在什么地方生长的？你这种卓越的才能是怎样得到的？

**玛丽娜** 要是我把我的历史告诉人家，人家一定会疑心那是谎话而加以鄙弃。

**配力克里斯** 请你说吧；谎话不会从你的嘴里出来，因为你瞧上去是这样正直而真诚，从你的容貌看来，你像一座真理的君王所居住的宫殿。我相信你，即使在你的叙述之中，有什么难于置信的地方，我也会毫不怀疑；因为你的模样活像一个我所曾经爱过的人。你的亲族有些什么人？当我看见你在我眼前，把你推开去的时候，你不是说过，你有很好的家世吗？

**玛丽娜** 我的确说过这样的话。

**配力克里斯** 告诉我你的父母是什么人。我仿佛听你说起，你曾经受过种种的困苦折磨，你以为我们两人的不幸要是互相比较一下，也许会分不出轻重。

**玛丽娜**　这样的话我也说过；凡是我所说的话，都是我自己认为不违背事实的。

**配力克里斯**　把你的故事告诉我；要是你所经历的困苦，果然可以抵得上我的千分之一的不幸，那么你是一个男子，我却像一个女孩似的受不起人世的煎磨。可是你瞧上去却像忍耐女神一样，凝视着君王们的坟墓，把一切苦难付之一笑。你有些什么亲族？怎么会和他们分散？你叫什么名字，我的最温柔的女郎？告诉我吧，我在恳求你。来，坐在我的身边。

**玛丽娜**　我的名字是玛丽娜。

**配力克里斯**　啊！这简直是对我开玩笑；你一定是什么愤怒的神明差来，让世人把我取笑的。

**玛丽娜**　忍耐一些，好陛下，否则我不再说下去了。

**配力克里斯**　好，我要忍耐。你不知道你说了你的名字叫玛丽娜，使我吃了多大的一惊。

**玛丽娜**　这名字是一个有权力的人给我取下的；我的父亲，他是一位国王。

**配力克里斯**　怎么！一位国王的女儿？名叫玛丽娜吗？

**玛丽娜**　您说过您会相信我的；可是我不愿扰乱您的安静，还是不要说下去吧。

**配力克里斯**　可是你果然是有血有肉的活人吗？你的脉搏在跳动吗？你不是一个精灵吗？——果然跳动！好，说下去。你是在什么地方诞生的？为什么叫做玛丽娜？

**玛丽娜**　因为我在海上诞生，所以取名为玛丽娜。

**配力克里斯**　在海上！谁是你的母亲？

泰尔亲王配力克里斯

**玛丽娜**　我的母亲是一位国王的女儿；她在我生下来的一分钟就死了，这是我的好保姆利科丽达常常含着泪告诉我的。

**配力克里斯**　啊！暂时停一会儿。这是沉重的睡眠用来欺骗悲哀的愚人们的一个最稀有的梦境；这样的事是决不会有的。我的女儿已经葬了。好，你是在什么地方生长的？我愿意听你说下去，不再打搅你，一直听到你故事的结局。

**玛丽娜**　您一定不会信我，所以我还是不要说下去的好。

**配力克里斯**　我愿意相信你所说的每一个字，不管你将要对我说些什么。可是准许我再问你一个问题：你怎么会到这儿来的？你是在什么地方长大的？

**玛丽娜**　我的父王把我寄养在塔萨斯，在那里我生活得好好的，不料后来狠心的克里翁和他的奸恶的妻子不怀好意，想要谋害我的性命；他们买通了一个恶人杀我，正在他刚要动手的时候，来了一群海盗，把我从他的手里夺走，后来我就被他们带到米提林来了。可是，好陛下，您这样句句追问，是什么意思？您为什么哭了起来？也许您以为我是个骗子；不，凭着我的良心起誓，我是配力克里斯王的女儿，要是善良的配力克里斯王尚在人间的话。

**配力克里斯**　喂，赫力堪纳斯！

**赫力堪纳斯**　陛下叫我吗？

**配力克里斯**　你是一位德高望重、识见高超的顾问老臣，你能不能告诉我，这女郎究竟是个什么人，会使我流下这许多眼泪？

**赫力堪纳斯**　我不知道；可是，陛下，这一位是米提林的总督，他对于这位女郎是推崇备至的。

**拉西马卡斯**　她从来不肯告诉人们她的父母是谁；有人问起她的时候，她就一声不响地坐着淌眼泪。

**配力克里斯**　啊，赫力堪纳斯！打我；好老人家，给我割下一道伤口，让我感到一些眼前的痛苦，免得这向我奔涌前来的快乐的巨浪，淹没我的生命的涯岸，把我溺毙在它的幸福之中。啊！过来，那曾经生育你的，现在却在你的手里重新得到了生命；你诞生在海上，埋葬在塔萨斯，现在又在海上找到了。啊，赫力堪纳斯！跪下来，用像那使我们震惊的雷霆一样的巨声感谢神圣的天神；这就是玛丽娜。你的母亲叫什么名字？只要回答我这一个问题，因为即使在毫无疑惑的时候，真理也是不厌反复证明的。

**玛丽娜**　陛下，先让我请教您的尊号？

**配力克里斯**　我是泰尔的配力克里斯。可是现在告诉我我那死在海里的王后的名字；你刚才所说的话，句句都是真实的；你是两个王国的继承人，你的父亲配力克里斯的第二个生命。

**玛丽娜**　是不是一定要说出我的母亲的名字叫做泰莎，才可以证明我是您的女儿呢？泰莎是我的母亲，她的末日也就是我的生辰。

**配力克里斯**　啊，祝福你！起来；你是我的孩子。把我的新衣服拿来。我自己的孩子，赫力堪纳斯；虽然凶恶的克里翁想谋害她的性命，她并没有死在塔萨斯；她将会告诉你一切；当你跪下静听的时候，你将会证实她的确是你的公主。这是谁？

**赫力堪纳斯**　陛下，这一位是米提林的总督，他因为听见您心境不佳，特来探望您的。

**配力克里斯**　我拥抱你。把我的长袍给我。我晕眩得两眼都看不清楚了。天啊，祝福我的孩子！可是听！什么音乐？告诉赫力堪纳斯，我的玛丽娜，从头到尾告诉他你确实是我的女儿，因为他好像还有些怀疑。可是，什么音乐？

**赫力堪纳斯**　陛下，我没有听见。

**配力克里斯**　没有听见！天上的音乐！听，我的玛丽娜！

**拉西马卡斯**　我们不应该反对他，最好顺顺他的意思。

**配力克里斯**　稀有的妙音！你们听不见吗？

**拉西马卡斯**　陛下，我听见的。（音乐。）

**配力克里斯**　无上的天乐！它摄住了我的听觉，沉重的睡眠已经爬上我的眼睛；我要休息一下。（睡。）

**拉西马卡斯**　替他拿一个枕头来。好，大家出去吧。我亲爱的朋友们，如果这果然证实了我确信的想法，我一定忘不了你们。（除配力克里斯外均下。）

狄安娜女神在幻梦中向配力克里斯现身。

**狄安娜女神**　我的神庙在以弗所；你快到那里去，向我的圣坛前献祭。当我的女修道士们群集的时候，当着众人之前，宣布你怎样在海上失去你的妻子，哀诉你自己和你女儿的不幸的遭际，对他们详尽地表明一切。依着我的话做了，你可以得到极大的幸福，否则你将要永远在悲哀中度日。凭着我的银弓起誓，我不会欺骗你。醒来，把你的梦告诉众人吧！（隐去。）

**配力克里斯**　神圣的狄安娜，银色的女神，我愿意听从你！赫力堪纳斯！

赫力堪纳斯、拉西马卡斯及玛丽娜重上。

**赫力堪纳斯**　陛下?

**配力克里斯**　我的本意是要到塔萨斯去，惩罚那忘恩负义的克里翁；可是我现在还要先干一些别的事，把我们张满的帆转向以弗所吧，等会儿我就告诉你什么缘故。（向拉西马卡斯）阁下，我们可不可以用金子向你换一些我们所需要的食物，在你们岸上饱餐一顿?

**拉西马卡斯**　陛下，那是我所绝对欢迎的；当您上岸以后，我还要向您提出一个请求呢。

**配力克里斯**　你的请求一定可以得到满足，即使你要向我的女儿求婚；因为看来你对她是十分关切的。

**拉西马卡斯**　陛下，让我搀着您的手臂。

**配力克里斯**　来，我的玛丽娜。（同下。）

# 第二场　以弗所。狄安娜女神庙前

老人上。

漏壶的沙快要滴尽，
不久一切将归寂静，
这是俺最后的饶舌，
请列位莫怪俺絮喋。
兴高彩烈的米提林，
欢迎那远道的佳宾，
自有一番繁华热闹，

这些都用不着细表。

原来咱们这位总督

早已得到老王允诺，

他倾心爱慕的女郎

已成他未来的新娘；

可是必须祭过女神，

然后再把婚礼举行，

因此上这一行人众，

又一度向海外移动。

古语所说无话即短，

早到了以弗所沿岸；

瞧这座巍峨的神庙，

勾引多少人的瞻眺！

他们能够转瞬来临，

全靠列位信假为真。（下。）


### 第三场　以弗所。狄安娜神庙。泰莎是女祭司，立神坛近旁。若干修道女分立两侧。萨利蒙及其他以弗所居民均在坛前肃立

配力克里斯率侍从；拉西马卡斯、赫力堪纳斯、玛丽娜及其女伴同上。

**配力克里斯**　万福，狄安娜女神！我是泰尔的国王，奉了你的公正的命令，特来向你顶礼致敬。当初我因为避难离国，在潘塔波里斯和美貌的泰莎缔为夫妇；不幸她在海上死于产褥，却生下了一个名叫玛丽娜的女孩，这孩子，女神啊！现在还穿着你的银色的制服。她在塔萨斯由克里翁抚养长大，当她十四岁的时候，他蓄意把她谋杀；可是她的幸运把她带到了米提林，我的船只正从那边的海岸驶过，冥冥中的机缘把这女郎带到了我的船上，凭着她自己的清楚的记忆，她向我证明她是我的女儿。

**泰莎**　同样的声音和面貌！你是，你是——啊，尊贵的配力克里斯！——（晕倒。）

**配力克里斯**　这尼姑是什么意思？她死了！各位，看看她有救没有。

**萨利蒙**　陛下，要是您在狄安娜神坛前所说的话没有虚假，这就是您的妻子。

**配力克里斯**　老先生，不；我用这一双手亲自把她投下海里去的。

**萨利蒙**　我敢断定您把她投海的地方就在这儿海岸的附近。

**配力克里斯**　这是毫无疑问的。

**萨利蒙**　好好看顾这位王后。啊！她不过是喜悦过度。在一个风暴的清晨，她被海浪卷到了这儿岸上。我打开了箱子，发现其中藏着贵重的珠宝；我把她救活过来，让她在这狄安娜神庙之内安身。

**配力克里斯**　那箱子里的东西可不可以让我看看？

**萨利蒙**　陛下，您要是愿意光降舍间，我一定可以让您看个仔细。瞧！泰莎醒过来了。

泰尔亲王配力克里斯

**泰莎** 啊！让我看！假如他不是我的亲人，我就要斩断情魔，不让它扰乱我的清净的心田。啊！我的主，您不是配力克里斯吗？您说话也像他，模样也像他。您不是说起一场风暴、一次生产和一回死亡吗？

**配力克里斯** 死去的泰莎的声音！

**泰莎** 那泰莎就是我，虽然你们都以为我早已死在海里。

**配力克里斯** 永生的狄安娜！

**泰莎** 现在我认识你了。当我们挥泪离开潘塔波里斯的时候，我的父王曾经给你这样一个指环。（出指环示配力克里斯。）

**配力克里斯** 正是这一个，正是这一个。够了，神啊！你们现在的仁慈，使我过去的不幸成为儿戏；当我接触她的嘴唇的时候，但愿你们使我全身融解而消亡。啊！来，第二次埋葬在这双手臂之中吧。

**玛丽娜** 我的心在跳着要到我的母亲的怀里去。（向泰莎下跪。）

**配力克里斯** 瞧，谁跪在这儿！你的肉中之肉，泰莎；你在海上的重负；她名叫玛丽娜，因为她是在海上诞生的。

**泰莎** 天神加佑你，我的亲生的孩子！

**赫力堪纳斯** 万福，娘娘，我的王后！

**泰莎** 我不认识你。

**配力克里斯** 你曾经听我说起，当我从泰尔逃走的时候，我把国事交给一位年老的摄政；你还记得我叫他什么名字吗？我常常提起他的。

**泰莎** 那么他就是赫力堪纳斯了。

**配力克里斯** 又是一个证明！拥抱他，亲爱的泰莎；这正是他。现在我渴想着听一听你怎样被人发现，怎样死而复生；这一个绝大的奇迹，除了天神以外，应该感谢谁的力量。

**泰莎**　萨利蒙大人，我的主；天神假手于他，表现了他们的力量；他能够从头到尾向你解释一切。

**配力克里斯**　可尊敬的先生，你是天神们所能找到的最有神性的一个人间的助手。你愿意告诉我这位已死的王后怎样复活的经过吗？

**萨利蒙**　很好，陛下。请您先跟我到舍间去，我可以把她的随身物件一起给您看个明白；我还要告诉您她怎么会到这神庙里来，决不遗漏任何必要的细节。

**配力克里斯**　圣洁的狄安娜！感谢你的托兆；我要向你举行夜间的献祭。泰莎，这一位是你女儿的未婚佳婿，他将要在潘塔波里斯和她成婚。现在我要修剪修剪我的须发，它使我显得太难看了；我的胡须已经十四年没有剃过，为了庆贺你们的佳期，我要把它剃剃干净。

**泰莎**　陛下，萨利蒙大人得到可靠的信息，我的父亲已经死了。

**配力克里斯**　愿上天使他变成一颗明星！可是，我的王后，我们还是要到那里去主持他们的婚礼；等他们结过了婚，我们两人就在那里消度我们的余生，让这双小夫妇回到泰尔去主持国政。萨利蒙大人，我们不要耽搁时间了，我渴想听你的讲述哩。请你为我们带路。（同下。）

　　　　老人上。

乱伦的安提奥克斯

逃不过上天的诛夷。

善良的配力克里斯，

虽然历尽颠沛流离，

（竖排侧栏）

自有神明们的默护，
导引他和妻儿团聚。
赫力堪纳斯这老臣
是千古忠良的典型。
萨利蒙的博学好善，
谁不对他敬佩赞叹？
奸恶的克里翁夫妇
遮不住他们的罪辜，
全城民众激起公愤，
把阖家烧成了灰烬；
虽然他们蓄意未遂，
一念之差终遭天弃。
现在戏文已经终场，
敬祝列位快乐无疆！　（下。）